KB110961

아버지 형이상학

예술가시선 11

아버지 형이상학

초판 1쇄 발행 2017년 01월 14일

저　자　박찬일
발행인　한영예
펴낸곳　예술가

주　소　서울특별시 송파구 문정로13길 15-17, 201호
등　록　제2014-000085호
전　화　02) 2676-2102
이메일　kuenstler1@naver.com

ⓒ 박찬일, 2017
ISBN 979-11-87081-04-3 03810

이 도서의 국립중앙도서관 출판예정도서목록(CIP)은 서지정보유통지원시스템 홈페이지
(http://seoji.nl.go.kr)와 국가자료공동목록시스템(http://www.nl.go.kr/kolisnet)
에서 이용하실 수 있습니다. (CIP제어번호 : CIP2016031635)

아버지 형이상학

박찬일 시집

2017

詩人의 말

환각증세를 즐기는 것이 잊히지 않는다.
그런 방향으로 인생이 굴러갔으면 좋으련만 희망사항이고.
지각하는 방식에 관해 생각한다.
스핑크스라는 눈이 있고 부엉이라는 눈이 있고
도마뱀이라는 눈이 있고.
그렇더라도 인류는 혼자인가? 물으면
'예스, 혼자올시다'가 된다.
이러지도 못하고 저러지도 못하는 신세가 오래 간다.

2016년 겨울
박찬일

아버지 형이상학

차례

시인의 말

하늘의 별자리와 땅의 별자리

별 하나가 몰락할 때 별자리 하나가 몰락한다. 별자리 하나가 몰락할 때 하늘 한 켠이 흔들린다. 하늘 한 켠이 흔들릴 때 하늘 全般에 금이 간다. 별 하나가 몰락을 시인시키고, 별자리가 몰락 중의 몰락을 시인시키고, 하늘 한 켠이 몰락 중의 몰락 중의 몰락을 시인시킨다. '하늘 한 켠이 몰락하는데 뭘 그걸 가지고…… 우리 人生이야,' 별자리가 우리를 시인시키는 것이 맞다. ['극단으로서 별'의 몰락이, '극단으로서 별자리'의 몰락이, 그리고 '많음으로서 별[자리]'의 몰락이 몰락을 眞理로 시인시킨다. 몰락의 普遍化에 안도한다]

다섯 식구 중 한 食口가 몰락할 때 다섯 식구 全般이 몰락한다. 이제부터 내가 사는 것이 다섯식구별자리로 사는 것이 아니라, 슬픔으로 사는 것. [食口 하나가 사라질 때 땅 全般에 금이 간다] 별자리와 식구들이 다르지 않다. 별이 극단이듯, 식구 하나하나가 극단이다. 우리네 인생, 우리네 식구가 별자리 - '식구'로 존재하며 하늘의 별 - 별자리를 정당화시킨다. 우리가 몰락할 때 하늘의 별자리가 '봐봐, 저기 몰락하는 것 봐봐' 왁왁거린다.

수면사망의 수모

수모는 계속된다, 잠인 줄 알았으나 잠이 아닌 것.
본인만 모르고 다 아는 사실
늘 죽기에 충분한 나날들이었으나 당사자가 될 줄 몰랐다.
당사자이면서 정작 당사자는 모르는 게 수모 아니겠어요?
이게 수모 중의 수모 아니겠어요?

나날을 자발적 몰락의지에 충만하게 살자.
수면사망의 수모에서 벗어나는 길이
사망을 덧없게 하는 방식 아니겠어요?

두 마리의 사람

사람 속에 개가 있다.
개가 나서기도 하고 사람이 나서기도 한다.
개와 사람은 만나지 못한다.

개 속에 사람이 있는 경우도
만나지 못한다.

개가 사람이 되기도 하고 사람이 개가 되기도 하나
함께 있지 못한다.
개로 사람을 방문하지 못하고
사람으로 개를 방문하지 못한다.
별개이다. 개별이다

개에 대한 기억도 없고 사람에 대한 기억도 없다.
별개의 방에서 개는 개를 추억하고
사람은 사람을 추억한다.

죽어서 하나가 되지만

개였던 줄 모르고 사람이었던 줄 모른다.

개로 죽으면 갠 줄 알고

사람으로 죽으면 사람으로 안다.

개와 사람이었던 줄 모른다.

생각으로 되는 일

난 노래 불렀다. 노래이다, 노래에서
이미 生覺이 단계를 벗어났다
自由인 것이다. 추방하려는 것이다
비상은 한동안 계속된다. 한동안에
시작과 끝이 없다.
[끝과 시작이 없는 동안 천체가 앉는다]
오이디푸스, 天上天下
唯我獨尊. 스핑크스 수수께끼 해독이 가장 큰 害毒으로서,
생부살해, 생모결혼으로 이어갔다
이미 생각의 단계를 벗어난 오이디푸스

순간과 영원이 동일하고,
시간의 無시간화가 달성됐다.
飛上이다! 한동안에 시작과 끝이 포함되지 않다
생각이 단계를 벗어난
者의 노래. 비극 깊숙이 들어온 자

노래 불렀다, 나는 나의 노래이다.
생각의 계단을 벗어난 자

도대체 무슨 상관인가

방 안인 모양이다, 나비 같은 동물 같은 것이 날고
본초강목 아닌 것이 노란 색들이 일제히 봉화처럼 오르고
도대체 무슨 상관인가?로 끝나는 詩가?

뚜껑이 관 뚜껑이고 봉지가 약 봉지이고. 말 다했다.
중간쯤 모습일 테니 이쯤에서 기록하자
저승길의 예고편쯤 될 거라 제출하기로 한다
검다란 거지옷, 놀라운 병아리들, 뚱뚱한 개미들, 진화를
거듭한다.
배추벌레의 허연 배때기 예외가 아니다.
잠에 들면서 나타나고 잠에 깨어날 즈음 나타나는 것이
특색
저간의 物件들이 꿈자리가 아닌 것을 증거한다.
저승길에 알맞은 이름들, 淑-雨-春, 자개장롱으로 나타나
는 강릉최씨가 횃불 들고 온다, 말 얼마 안 남았다.
사멸하는 신체와 사멸하는 영혼이 횃불을 들고 온다
대저, 헛맹세 헛맹서였으니
이에, 낙동강 동물원 강원도 어느 산골짝에서 기다린다
했으니

역사적 사명이 아니었던 것, 반쯤 내려앉은 말발굽

본초강목이 누구의 본초강목이다.
도대체 무슨 상관인가?로 끝나는 詩가?

'왜 차라리 무가 아닌가'

농구공 위를 뻘뻘 땀을 흘리며 돌아다니지만
늘 그 자리다. 원주 위다.
2차원 시공간을 빠져나갈 재간이 없다.
원주는 동일하게 무한히 반복되나 어느 지점에 있건 농구
공 표면이다.
2차원 시공간을 빠져나가지 못한다.
농구공 표면이 우리 집이라.

몰락이 3차원에서 왔다. 농구공 바람이 빠질 때
왜 차라리 무가 아닌가??로 詩가 끝나게 됐다.
농구공 반지름이 제로가 된 날,
농구공이 사라졌다. 왜 차라리 無가 아닌가??

차라투스트라의 동굴

봐라, 도대체 내가 개 한 마리인가?
그대와 무슨 상관이란 말이냐!
이곳은 그대 영역이 아니라 내 영역이로소이다.
나, 나 이외의 어떤 것도 아니다.
도대체 내게 무슨 일이 일어났는가!
하나의 비명과 두개의 저주와 스무개의 욕설이 뛰쳐나왔다.
용감한 게 좋다. 좋은 전쟁이 각각의 일을 신성하게 만든다.
德의 전부가 기다릴 수 있는 것에 관해서 아닌가?
우리들 왕들이 무슨 소용인지! 도대체 무엇을 피해 달아나
는가?
너무 오래 바위와 나무 사이에서 살아온 은둔자일 거야,
그대 쓰러지지 않을 거라면 춤을 춰야만 하네.
탈선 Seitensprünge의 춤
왜 그대는 자신을 숨기는가?
글 쓰는 쇠파리, 소부르주아의 악취, 공명심의 몸부림

고요한 위대

파라솔은 거두어진 듯하다. 일정한 크기를 마련한 것으로 보였다. 공간을 적시는 비였고 시간을 적시는 비였다.

촬영 세트장이 아닌 것은 분명했다. 누군가의 손에 이끌려 보게 된 것이다. 몇 해 前 장면과 비슷했다.

누구도 봐주지 않는데도 비가 내린다. 누구도 봐주지 않는 곳에서 내리는 비는 非認可. 묻는 문제였다. 일정한 크기의 공간과 시간을 확보하고 내리는 비

공간과 시간은 있었고 비는 줄기차게 내린다. 고요한 위대, 이때 쓰는 말인 듯.

고귀한 단순과 고요한 위대가 인간에 의한 것. 인간이 없는 곳에서 오는 비는 非認可, 이때 쓸 수 없는 말인 듯했다.

공간과 시간을 적시며 서로 부딪치며 줄기차게 내린다. 非認可 비가 내린다는구나. 파라솔들을 치우고 시공간만

두고 비를 내리게 했다.

인류 이전에도 비가 왔을 것이다. 인류와 공간과 시간과
비가 무관하다는구나

제때에 下車하는 방식 1

인생이라는 카드, 할 말 있어요. '완전히'라는 말 이때 쓰기로 합시다. 인생이라는 열차 몇 량 쯤 됐었죠! 좌석도 꽤 됐었죠!

다라는 말 이때 쓰기로 합니다. 다 내리게 하세요. 명령調 이때 쓰기로 합니다. 일어나세요. 입구 쪽으로 가세요. 나가세요.

마지막 前에 하는 특히, 제때 쓰기로 합니다. 내리십시오. 다음은 종점이므로 특히 여기서 내리셔야 합니다. 한 분도 빠짐없이 여기서 쓰기로 해요. 한 분도 빠짐없이 내리시기 바랍니다. 거기, 카드를 보여주세요. 뒤집어보세요. 거봐요. 빈 카드를 잡으셨네요. 성공하셨네요. 여기가 종착역입니다. 특히 빈 카드 내리십시오. 안녕히 가십시오.

리어카인생 50년이면

우리 아버지도 그러셨다. 50년 동안
연탄 배달하다 돌아가셨다.
리어카를 뒤에서 밀던 나는 막걸리를 마신다
일요일에 교회에서 기도하셨다. 일요일에
육림극장에서 가족이 스파르타쿠스를 본 적이 있다.
아버지가 아버지를 아셨을까? 나는 아버지를 모른다.
이러지도 못하고 저러지도 못하는데,

돌아가신 아버지가 오셔서 리어카를 밀라 하신다.
50년 동안 리어카를 끄셨으니까 갈 데가 없으셨다
리어카가 인생의 전부였던 인생.
막걸리 때문에 아무것도 못하고 있지만,
막걸리를 50년쯤 마시면 내가 아버지같이 된다?
막걸리가 인생의 전부였던 인생,
인생의 전부가 있었던 인생이 갈 곳이 없다?
막걸리 때문이라고 생각하지 말라
아버지는 많은 걸 알고 계신다.
연탄배달부인생이 막걸리인생에게 말하신다.

막걸리를 50년 동안 마시면 아버지와 같게 된다.

이러지도 못하고 저러지도 못해서 막걸리를 마시는 게 아
니다.
아버지가 계속 말하신다. 리어카인생 50년
아버지를 알고 계신 아버지가
막걸리가 인생의 전부인 인생에게

아버지를 떠나보내기 前

에이씨, 자꾸 말하는 것 말고,
소양강 나린 물이 어디로 든단 말인가
여러 구성이 合心하여 기도하며,
바라지 않는 것의 實相, 떠내려가는 것 말고,
하염없이 추락하였으나 손가락 하나 잡히지 않으니

에이씨, 가라앉는 것 말고,
소양강 나린 물이 어디로 든단 말인가? 목 놓아
울었노라 바빌론, 이제는 말고,
도랑 돌덩이를 들추어 가재를 놀게 하더라!
아버지의 폭발性 웃음 말고 무엇이 있단 말인가

가세요, 먼저라도 正부인 만나세요.
돌아보지 말라 돌아오지 말라 않을 테니
쑤욱 들어가세요, 도랑물 들어가는 式, 드는 法으로.

만나보자-만나보자 남발했다 생각지 않소이다.
소양강 나린 물이 들지 않겠어요?

바라는 것의 實相, 설마 아니겠어요.

속수무책 당하는 것으로 판명 났을 때

소가 인류와 다른 式으로 통증을 자각할 때,
문어가 말이야, 개와 비슷한 지능을 지녀, 우리와 다른 式
으로 통증을 자각할 때,
펄펄 끓는 물에 산 채로 넣어질 때 말이야.
어류가 다른 式의 통증으로 타원형 접시에서 눈을 껌벅껌
벅거릴 때
그 죄를 어떻게 감당할 거나?
다른 式이나 통증정도가 인류와 마찬가지로 판명 났을 때
말이다.
인생을 길고 긴 매트리스인생으로 가게 되었을 때,
파킨슨으로 해서, 소따— 아버지가 아버지라는 이름으로
해서, 88세 거인으로 해서
전혀 다른 式으로 그 통증을 알렸을 때
라오콘 式 아아아아아아아아 신음으로 알렸을 때,
다른 式이나, 마찬가지 통증으로 판명 났을 때
아버지의 통증이 신음소리만한 것이 아니니
매트리스인생이라는 이름의 장대열차
장총을 마련하기에 늦었고, 아파트창문까지 갈 힘이 없고,

소가 눈물을 덜컥덜컥 흘리며 뒤로 뒤로 끌려가는 모습에
가슴 뻐개지는 통증으로 지르는 비명
희망을 달라 말씀하시나 속수무책 당해야 하는 것으로 판
명 났을 때,
그 죄를 어떻게 감당하나?
아파트창문을 열고 미리 뛰는 것을 내 주체하나?

일인용 침대—지구중심주의

낭하, 운동화 끄는 소리들, 문 여닫는 소리들로 붐빈다
구멍 뚫린 자동차, 지붕 위의 철물商
일어나는 일이 일어나고 사라지는 일이 사라지는, 일
구령에 맞춰 神들이 노래부른다
칼이 대량생산되기 시작하면서 칼 가는 직업이 소진됐다

대량생산으로 와서 대량생산으로 꺼진다

늘 불치병인가? 걸음소리와 함께 門이 열리는가?
같은 일이 반복되니 社長이 변하지 않는다
어디 있는지 모르니 바람 부는 일이 소용없는 곳,
그림자가 그림자와 같다
잠시 여기서 무슨 일을 하는 건지 내가
惡無限이란 말인가. 뽓이 絶한 자에게 붙는. 정도껏 하자,
높은 일인용 침대 옆 대소변 받아내는,
플라스틱 簡易 일회용침대
어디 있는지 모르는 나에게 바람 부는 일이 무슨 소용인가?
하고 싶은 일 모르면서 하고 있는 일 몇 가지

애당초 위법이고, 돌을 맞기에 적당한 나이 아닌 적 없고,
명중했다; 박한X, 남자, 88세.
우주를 말할 때 지구를 중심으로 말하는 게 낫다
일인용 침대라는 제물

손뼉치고 웃으며 상냥하게 가보세

봉분으로 가는 길이 열차길이더군, 다른 것은 열차 대신 내가 가던 거,

엎드려서 숨을 몰아쉬며, 각개전투훈련장에서 그랬던 목표가 분명한 낮은 포복 자세,

자발적 몰락이 아닌 것이 처참하게 지는 창덕궁 철쭉을 바라보는 이들이 있었으니,

여자들 없는 집안이라, 남자들 몇 명이 빙 둘러서서,

깊은 숨을 몰아쉬며 가슴을 들썩이며 가는, 내 자태가 틀림없는 나를 보더라.

꼭 그래야만 했나? 무거운 소처럼 끌려갈 것으로 예고했으나

의도적으로 봉분 가는 열차를 탔고, 신도림까지만 가는 열차로서,

그래 홀로 걸었으나, 끝이 봉분이로소이다. 왜 그랬을까?

알고 있었던 것, 적게 먹고-적게 자고-적게 걷고, 많이 피우고-많이 마시고

선한 손이시여, 선한 손께서 惡漢 손을 잡아 수렁에서 건져 올린 내 딸이 되라 하였으나,

주욱 남행열차 타고 가지 못하고 내렸으니

보여주신 것은 보여주신 것. 그러지 말고 엄명하신 것으로 알고

곧 침략이 있을 거니 집안 단속 잘하라고 놀래키신 것으로 이해했다.

그래도 되는 걸까? 제때라면 지금을 말하는 걸까?

뛰기에 알맞은 때— 이쯤에서 별자리들이 보여줬으니, 뛰라는 것일까?

봉분 속으로 들어가는 길, 힘들더라.

[며칠 전에 창경궁에 갔는데 철쭉이 처참하게 지고 있더라]

[내가 많이 아프다]

[방사선 치료 용량이 다른 사람 두 배다]

골고다언덕 가는 길이 어땠나, 육체훼손이 명예손상인 줄 알았으나.

의무로서 독배를 들이킨 그는?

상한 돼지고기인 줄 알았으나 먹어야 했으니 그분은?

너가 가고 그가 가고 우리가 가니 우리가 가라는 말씀, 로고스였으니,

손뼉치고 웃으며 떠들며 상냥하게 가보세.

종말의 리듬에 대해 내 언젠가 말해주리다

목소리, 목소리가 지긋하게 울리는구나. 울먹이는 목소리
눈물이 음표 하나씩, 음표 하나씩, 찍고 가는
하나이면서 전부인 거대한 교향곡— 울음의 바다
바람이 칼에 관한 노래라는 거 이제 알겠다
통곡으로 끝나는 비극구조. 처음에는 잔잔한 반주,
광포한 반주로 사라지는 거 이제 알았다.
몰락이 너무 일찍 찾아왔네, 내가 이렇게 말했다
몰래 오지 않고, 저기 들판을 건너오는 것이 보이는구나
선명하구나. 목소리처럼, 하, 그 목소리.
고통의 최후를 예감했는데 환희의 최후를 숨겨놓은 줄이야
노래를 못 이기는 목소리가 될 줄이야
"제 곡조를 못 이기는 사랑의 노래"
눈물방울 하나하나를 훑고 지나는 목소리
현자의 말이 맞을 줄 알았지만, 정말 맞출 줄이야
목소리의 바다—눈물의 바다가 빠르게 흘러넘칠 줄
나, 믿을 수 없네, 정말이지, 정말이라면.
내가 알 바가 아니라는 거—내가 알 바가 아닌 게 될 줄이야
설렘이 리듬으로 왔네, 리듬이 설렘으로 왔네,

내가 이렇게 말했네. 나에게는 영혼이 없소,
영혼이 없는 理想主義가 거기에 도달하기까지 얼마나 많이
고통을 겪었겠소
눈물방울이 음표, 음표, 하나하나를 찍으며,
또르르 또르르, 질주하는 말발굽소리-합창이었네.
지금 생각해보니까 사랑이었네, 내가 이렇게 말했네.
먼 시간에 있었다는 동물, 動物이었네.

환희의 최후라고 쓰니까, 고통의 종말이라고 쓰니까
정말 종말이 깃들더군.
리듬이 먼저라는 거―종말의 선율이 흐르는 거
환희가 그랬듯이. 종소리-종소리-울려라
멀리-멀리-멀리, 종소리-종소리-울려퍼져라.

아버지를 떠나보내기 前에

맹인의 아들이 쌀을 빌리러 왔으나 맹인의 아들이 쌀을 빌리지 못하고 돌아가게 되었을 때 밥상머리에 앉아 있던 우리들은 큰 충격에 휩싸였다.

아버지의 친구가 맹인이었고 맹인의 아들은 우리 또래였다. 어머니는 고개를 숙이셨고 아버지는 숭늉을 들이켜 입안을 헹구셨다. '또 오지 말라'는 말은 바라는 것을 줄 때 쓰는 말이었다. 우리는 아무 말도 못하고 앉아 있었고 맹인의 아들이 자주 왔었나보다 생각했다. 아버지도 참, 우리 앞에서 그런 일을 하시다니, 아니, 같은 또래의 우리 앞에서 그런 일을 보이시다니

맹인이 아버지 사범학교 동기였다던데, 이제 와서 생각나는 게 어머니는 문둥이가 올 때마다 밥을 덜어주셨는데, 밥이 없으면 뒤주에서 쌀을 퍼주셨는데, 아버지도 참, 친구한테, 맹인친구한테, 맹인친구의 아들한테, 우리가 보는 앞인데……, 무슨 사연이 있었던 게 분명해.

우리가 우리에게 지은 죄를 사하여 준 것처럼 아버지의 죄를 사하여 주옵소서 무슨 사연이 있었기에, 무슨 사연이 있었던 게 분명해. 어머니가 떠나신 지 햇수로 32년이

되었어도, 무슨 사연이 있었겠지. 우리에게도 사연이 없을 리 없겠어요?

동일한 것의 영원한 반복

동일한 것의 영원한 반복이 동쪽으로 간 뜻
에 관해서이다.
동일한 것은 없다. 동일한 것은
영원회귀의 본뜻에 의할 때
가정이다.
'동일한 것이 영원히 회귀한다 해도'
가 주문主文이기 때문이다.
'똑같이 살아주겠노라'
도 가정이기 때문이다
일어나지 않은 일을 일어나게 했다,
영원회귀에 관해서이다.

하나이고 전부인 의욕,
동일한 인생이 영원히 회귀하더라도
똑같이 살아주겠다,
봄여름가을겨울이 인생인 나

인류를 위한 序詩—말할 수 있는 것에 침묵 말 것

스핑크스언어를 찾는 탐색이 오래전에 시작됐다 [고개를
숙여 걷는 자를 잡아들여라]

인간이 누구인지 알게 된 後 지구가 물에 잠겨 있다, 인간
의 언어가 주로 했다

太陽의 역사와 성간우주의 역사를 인간 무게가 설명한다
올빼미의 무게와 스핑크스의 무게를 설명했다

인간이란 무엇인가? 인간이 인간이라고 대답했을 때, 예
견된 일이었다

인류를 위한 지구, 인류를 위한 太陽 하나, 인류를 위한
별자리.

별자리 중의 별자리 북두칠성의 무게를 설명했다

인류가 없는 곳에서 밤하늘의 장관이 무슨 상관인가? 스
스로 장관을 포기한다

인류가 시름시름 시들어갈 때 인류와 함께 시름시름 시들
어간다

인류에 들지 못한 수수께끼는 수수께끼가 아니다

인류가 인류에 관한 최종질문을 별자리들에 준비 중이다
[인류가 극단이고 별자리 중의 별자리가 극단이다]

인류란 무엇이었는가? 인류가 해답이다. 인류란 무엇이
었는지 묻고 인류가 해답이다, 말하는 게 낫다
세계가 무한하지 않다. 경계가 없더라도 안과 밖이 선명
하다.
인류의 해답이 세계 바깥에 있지 않다
세계가 물에 잠겨 있다, 인간의 언어가 주로 했다
바깥은 안의 인류에 관심이 없다. 세계의 한계가 인류의
한계다
인류가 해답이다. 세계란 무엇인지 묻고 인류가 해답이
다, 말하는 게 낫다

김유동선생방

우당탕쿵탕 우당탕쿵탕 문 앞에서 우당탕쿵탕 돌아가고
싶어
어미 잃는 中 아비 잃는 中
일러, 술 마실 때 혼자 술 마셔야 하는 고향이 없어지는 中
눈을 반 뜨고 가는 中, 보이는 것은 살고, 보는 것은 죽고
김유동선생방이 한식경 나를 보는 中,

죽고 못 살 인간 한 명을 지목했더라도 무슨 소용인가?
무슨 소용이 있을까? 난도질이라는 이름의 열차, 돌격 앞
으로
동아시아가 무슨 말인가 대한민국이 뭐라더냐?
골프장에서 당구대로 美的 취미를 바꾼 백전노장 동네의
사, 神의 음성으로
그런 거지요, 그런 거지요, 지긋지긋해도,
교회에 나가 보시죠. 모르는 게 많을 가톨릭교회 말고.
—나가는 방법을 잃었어요,
돈화문 안이 아니라 돈화문 앞이더라도
동네 한 바퀴 돌고 오시죠? —그게 뭔데요?

차마, 눈을 반 뜨고 가는 中, 보이는 것은 살고, 보는 것은
죽고
김유동선생방이 사멸하지 않을 영혼을 말한다.
목성을 찢어죽이는 힘이 필요할 텐데.

속수무책 난장판 장대열차
보이는 것이 살고, 보는 것이 죽는다.
목성을 찢어죽이는 힘이 필요하다.

면면히 흐르는 강물과 같은

태양의 죽음이 먼저 가고 인간의 죽음이 뒤를 따르고.
하나님과 人間은 형제처럼 나란히 누워
허공을 응시한다. 좁지 않게 누워 있을 허공*
끊어진 강물이 아니라 면면히 이어진 강물
죽은 물고기들 사이로 삶이 반짝거렸다.
어머니들은 어디 갔나?
어머니의 어머니는 어디 갔나
천장에서 물끄러미 보는 하얀 視線
처음부터 그랬다, 뒤집혀진 허연 배들. 드러난 강물
하나님 형상이 먼저 가고 死亡이 본전인 인간이 뒤따르고.
면면히 흐르는 강물과 같다, 인간이
숨을 끊으려는 시도가 여러 번 있었으나
필요 없는 일, 아니 무슨 소용인가?
무슨 소용일까? 진리가 어려운 것만은 아니다.
핏물 뚝뚝 떨구는 천장의 모가지
본전 찾으려는 시도가 여러 번 있었으나
무슨 소용일까? 무슨 소용인가
면면히 흐르는 강물인 것을.

어미들은 어디 갔나? 어머니의 어머니

*우리는 대기 속에 무덤을 판다 거기서 사람들은 좁지 않게 눕는
다 […] 그대 잿빛 머리 줄라미트 우린 대기 속에 무덤을 판다 거
기서 사람들은 좁지 않게 눕는다 […] 그리고 너희는 구름 속에 무
덤을 갖는다 거기서 사람들 좁지 않게 눕는다"—파울 첼란(1920
-1970), 「죽음의 푸가」(1952)에서

환승동굴의 구둣발 소리

구두소리가 모여 구두소리가 된다―벌써, 언제인가
물이 되듯이, 물이 모여,
구두가 혁명가를 부르듯이, 출근길이었을 거야, 강남고
속버스터미널驛
특히, 혁명가가, 오늘, 환승동굴에서 들리듯이,
혁명이 시작되었나보다
3호선-7호선-9호선의 목적지가 순환궤도 2호선이다
뒤로 끝없이 이어지듯, 3.14
혁명이 신비하다, 합창―열창하니까―합창에 묻히고―
혁명가에 묻히고
생-로-병-사의 변덕이 묻힌다
강남고속버스터미널의 아침에서 시작했나보다
구둣발 소리―구둣발 소리―구둣발 소리
삼위일체를 부정해도 소용없단다, 뉴턴 경.
그대들이 아직 퇴근하고 있는가
벌써, 언제인가―광화문자하문의 구둣발 소리
진군의 나팔소리
다시, 환승동굴의 구둣발 소리―말발굽소리.

이렇게 읊는 건 유치찬란한 일.
출근길이었을 거야─한 발 빼고 말해도 출근이 출근이지.
출근가를 부르는 거야. 아침 환승동굴에 울리는,
출근의 나팔소리야─출근하는 인류가 혁명을 왜 불러

왜 불러? 한 번도 송골매를 벗어난 적 없지.
더 뭘 얘기해야 하는 것도 아니고

'1955 인도네시아 반둥회의'
— 아시아·아프리카 29개국

아프가니스탄 왕국, 실론, 인도, 파키스탄, 네팔, 인도네시아

버마, 캄보디아 왕국, 라오스, 필리핀, 태국

일본, 중화인민공화국, 베트남 민주공화국[북베트남]+베트남[남베트남]

이집트공화국, 이란, 이라크 왕국, 요르단, 레바논, 사우디아라비아, 시리아공화국

에티오피아 제국, 골드코스트[가나], 라이베리아, 리비아, 수단

터키, 유고슬로비아 사회주의연방공화국

예멘 무타와킬 왕국, 키프로스(옵서버)

마그나카르타 1000, 2015

제3세계 인도네시아 반둥회의 60, 2015년

난닝구주의—빽바지주의

두 개의 눈이 보편적 보따리에 속한다.

눈에, 그것밖에 없어, 옥도정기를 바르는 인류, 큰 고통이
었을 거다.

그것밖에 없어 옥도정기를 바를 정도니까 그 눈의 고통
말씀이다.

고통에 고통으로 대응하는 방식이 인류방정식이라니깐.

연비 했고, 장좌불와 했고, 참 많이 했다. 사제 한 분이 자
신밖에 모르는 건방진 놈!

할! 했을 때 적지 아니 충격 받았다.

살아 있다고 다 살은 거 아니다; 이런 詩가 있으니까 저런
詩가 있어요.

사제께서는 소싯적, 그것밖에 없어, 높은 곳에서 자발적
으로 뛰어내렸는데, 枯木에 걸렸고, 목숨을 건지려고 최
선을 다했고.

이-이-이, 백척간두진일보라는 거, 상상 속 동물인 줄 알
았어—내가 말했네.

불평이 보편적이라는 거죠.

사람이란 낱말 싫어하는데, 무슨 소용인가, 사람이란 눈이 있고 뱀이란 눈이 있고 독수리란 눈이 있고―그게 平等이라는 거.

불평이 平等이라니간요―애도할 수 없는 거라니간요―내가 그 代명사에게 말했네.

철도관련법, 철도교육관련법에 의거

철도관련법에 의거, 기차를 타는 사람이 반드시 돈을 지불
해야 합니다.
한 번 지불했던 사람이 계속 지불해야 합니다.
자리를 잡지 못했으나 코레일이 책임지지 않습니다.
한 번 자리를 못 잡은 사람이 계속 자리를 못 잡으려고 합
니다.
한 줄에 7명씩 앉는 지하철, 한 줄에 3명씩 앉는 노약자를
위한 좌석이
상징인 거 압니다. 서서 가는 것이 상징이라는 거.
KTX에 입석이 있다는 거, 입석이 인류의 상징이라는 거,
철도관련법이 그렇습니다.
인류의 상징이 인류라는 거, 인류가 있다는 거.
서울의 상징이 신도림역이란 거, 오후 6시 신도림역
철도관련법에 의거, 많은 군중이 무리 지어 돌아다닙니다.
인류의 상징이 혁명이란 거. 혁명이 다시 돌아온다는 거
철도관련법을 가로질러, 철도교육법을 가로질러,

프란시스 후쿠야마

타워팰리스를 인정할 거나—부인할 거나, 그게 아니고!
구구단 균할이나—기회 균할이나! 그거 아니고-오!

큰 문제가, 아직. 일어나지. 않은. 일이라는 거.
歷史의 종지기를 말하려면 말이야

문제는 이데올로기야, 바보야—이데올로기 아닌 적 없었어
이렇게 말하는 거,

라면원조 불러내는 거, 그에 대해 듣는 거

그 말씀 널리 유포시켜 보는 거, 여러 반찬 중에 하나,
그 반찬에 손 가게 하는 거—여기 반찬, 더 주세요
용한 반찬 될지 알아?
용한 반찬 세상 될지 알아?

답이 안 나온 걸 갖고서는—계가까지 가보지 않고서는.

크-은 문제가, 아직. 일어나지. 않은. 일이라는 거.
어떤 균할인가, ㅓㄸㅓㄴ ㄱㅠㄴㅎㅏㄹㅣㄴㄱㅏ—이렇게
말하는 거
제대로 말하려면 말이야.

핵문제에 걸려 모든 게 안 되고 있지 않냐? 모든 게가!

소련이 핵무기 없어 무너진 건 아니지 않나?

꽃으로 위장한 무장군인들이 행군하는 순간 지저귀던 새
소리가 사라진다

1번-한반도안정, 2번-中朝우의, 3번-한반도비핵화

수십 년간 식량과 석유를 원조해 줬더니 춘제 때 핵폭풍
으로 보답하는구나

러시아-미국과 함께 레슬링 최강국으로 꼽히는 일본이
초상집 분위기

덕이 많은 인간이 치아의 수가 많다고 합디다 — 문제는
잇금야 바보야

인민군 여러분 내일 우산 준비하는 것 잊지 마세요

탄도미사일 이동식발사대가 100여 기에 달하는 것으로
밝혀졌다

킬 체인이 핵무기에 대해 탐지→식별→결심→타격에 대
한 명명

엉뚱한 데 전화를 걸어 돌아가신 어머니의 안부를 묻는
청년

유럽과 비유럽 사이에 냉전이 끝났나?

핵보유상황이 무인기비행과 같은 상황에서 적극적 보복 힘들게 해

무조건 사과하고 또 사과하는 수밖에 — 수령동지께 정중히 사과합니다

프로포폴 중독 연예인 수십 명 넘을 것

생각하는 사람에서 중요한 건 머리가 아니라 손이라는 것

인단을 잡숫는 사람은 여름을 알지 못함 — 두통 설사 여드름에도 인단

아이들을 잠들게 한 수면제 고드프리Godfrey—어머니의 조력자mother's helper

[아이들을 구제한 건 예수 이후 니체가 최초이다]

배를 째달라는 말씀이시죠? —예 째드리지요

외사영도소조가 대북정책을 不戰=전쟁방지, 불란=혼란방지, 無핵=非핵화 등 6글자로 압축

상하원합동회의에서 연두교서를 발표하는 버락 오바마, 크림반도는?

일본이 마음먹으면 90일 내 핵무기를 제조해 미사일에 탑재할 능력이 있다.

티베트 분리 독립 인정하라 — 100명 째 분신

칼스루에Carlsruhe 비디오아트展 — 이것이 끝이 아닐 것

하류가 하류에게 느끼는 뜨뜻함

더 환하게 웃어보세요—얼굴에 미소, 가슴에 평화. 그 거.
웃음을 강화시키는 일 말고 뭐가 더 있을까요?
한 시간 후에—왜 한 시간인지 모르죠
기분이 좋아지리라, 기대하지 못하면—말하지 못하면,
가정적으로라도, 그 인생이 도대체 뭐냔 말인가?
곧— 기분이— 좋아지리, 언젠가— 잊으리
기대하지 않는 인생, 도대체 그 인생이 뭐냐는 말이죠.
상류인생과 하류인생, 월가를 다시 점령하라—마르크스
멜로디
원자탄으로 이어질지 몰랐어—갈릴레이 멜로디
고향을 찾아 떠나던 일—고향 찾아 떠날 수 있었을 때
단 한 번 있었던 때,
세상에서 단 한 번뿐인 경우가— 세상에서 단 한 번뿐인
경우가 아닌가요?
세상에서 단 하나뿐인 경우를 기대하지 않는 인생, 그 인
생이 도대체 무슨 인생인가
한 시간 후에 기분이 좋아질 거야, 기대하지 않는 인생,
도대체 그 인생이 뭐냔 말인가?—이 거

하류가 하류에게 온정을 품는 거 말고 또 무엇이 있겠어요
한 시간 후에, 한 시간 후에, 계속 한 시간 후에 기대하지
못하는 인생, 그것이 무슨 인생이란 말인가
사망의 음침한 골짜기를 말하는 거—피투성이라도 살아
있으라, 말하는 거
죽은 자를 죽은 자가 장사지내게 하라—그리스도 멜로디
하류가 하류끼리 살펴 지내는 것
청일전쟁-러일전쟁-미일전쟁-중미전쟁-중소분쟁, 거보
세요—

내일—왜 내일이죠?—내일 기분이 좋아질 거야, 말하는
인생, 그 인생이 아니면 인생이 도대체 뭐겠어요
하류가 하류에게 보내는 뜨뜻한 마음 아니면 뭐가 있을까
그 인생이 아니면 뭐가 있을까?
약 기운이 얼마 지나지 않아 퍼질 거야—안개가 말씀에
연하게 드리우게 될 거
안개가 세상을 진하게 덮을 거, 기대하지 않으면
안개가 얼마 지나지 않아 걷히게 될 거야,
기대하지 않으니까 그 인생이 도대체 뭐냔 말이죠.

열심히 하면 돼요, 상류가 말하는 거, 그들에게 온정이 있
어요

상류사회를 끝내라, 요구하는 그에게 온정이 있어요. 온
정이지요,
하류가 하류에 느끼는 뜨뜻함 말이죠.

사이버-보안 진단의 날

眞-理를 본 자, 그 眞理로 말하리라. 質, 그 형용-불가능한 구멍의 빛을 쐰 자 그대로 말하리라. 빛에서 얼굴을 돌리 자마자 세상이 어두컴컴한 점들로 반등하는 거, 그것으로 보이더라-지만 사실 그게 아닌 것, 그 점이 소실점으로서 소실을 명하네.

마야 베일, 그 혹독한 대가, 프랑크푸르트의 현자 말씀 그대로 전하네. 아무렇게 던져놓아 밧줄인 줄 알았으니 독사가 꽈리를 틀고 있던 것— 독사가 꽈리를 틀고 있었으나, 사실 아무렇게나 던져놓아 밧줄-였던 것.

뜻을 구하러 등불을 햇볕 성성할 때 햇볕 대신 들었으나, 대가가 실명으로 드러났을 때

단 하나, 뜻을 묻지 마라— 동쪽으로 간 자, 돌아오지 못했으니, 동쪽으로 간 자 동쪽으로 망하리라, 실현했으니, 그대 선 자리에 머물러, 아무아무 생각이 없이, 청천 강감찬-하늘 보는 거, 눈물 흘리는 것으로 퇴장 당하는 거— 알면서 모르면서— 벌목지대 그 한가운데에서 내리쬐는 星像 하나하나 불러보시게.

낮이 이미 소관이 아니더라. 소경이 소관으로서 뜻을 가

혹하게 드러냈을 때, 자기를 神으로 소개한 자가 노크 없이 들어와-아! 눈을 낮게 해주더라— 이렇게도 해보고 싶었다. 토像을 보는 일이 그 겸손으로 인해, 홀로 그 무지막지함을 그대로 인정시키는 것으로 인해 한가운데에서 올리는 봉화가 되네, 스스로 태워 스스로 올라가는 연기 말일세— 화염 말일세. 인생이 벌로서 벌한다니까[말이다] [비극으로 끝날 줄 알았는데 희극이다]

인간과 인간 사이에 인간이 있다, 신비스럽다

인간과 인간 사이를 가로질러 가는 바람,
손이 들어갔다 나온다
똑같은 구조물, 피범벅이다
똑같은 구조물, 네 발로 걸어간다, 식도를 통하는 물
다시 웃자란 나뭇잎, 신비스러운 거 하나.
살아 있는 인간, 아프리카에서 유라시아로 아메리카로
똑같은 구조물 그대로, 신비스러운 거 둘.
한 손으로 악수하거나 두 손으로 악수한다
인간이 인간을 거슬리거나 淸掃한다,
인간이 틀림없다, 신비스러운 거 셋.
인간과 인간 사이에 몸이 있다, 잠정적,
계단에서 넘어진다, 신비스러운 거 넷,
돌아오지 않는 보도블록, 보도블록에 흘린 커피
(돌아오지 않는다, 신비스러운 거 다섯.)
잠간 비틀거리다가 뒤돌아보지 않는다
인간과 인간 사이에 강심장이 있다, (돌아온 인간이 없
다,) 신비스러운 거 다섯.
아주 사라진다, 신비스러운 거 여섯.

돌아오지 않는 성자까지 합치면

신비스러운 거 일곱, 신이 자리를 옮기지 않는다,

신비스러운 거 여덟, 혈액이 빨간색이다,

인간과 인간 사이에 인간이 있다, 신비스러운 거 아홉.

인간이 인간을 낳는다(, 신비스러운 거 열)

제때의 죽음

臨終 앞에서 잘 죽으라 하는 것과 같다,
잘 살아라, 방학 잘 보내라
군대생활 잘하고.
잘하는 게 뭔지 모르지만
잘 죽으라
제때에 죽지 않는 것이 없으니
잘 죽으라
제때에 죽지 않은 것이 없으니

臨終할 때 '잘 죽으라' 하니,
잘 죽어줄게 말하고 죽는 사람의 뒷모습이
얼마나 아름다우냐
[모두 제때에 죽는 것을 알고]
죽은 사람이 모두 제때에 죽은 걸 알고
"가야 할 때가 언제인가를 분명히 알고 가는 이의 뒷모습은
얼마나 아름다운가"*
군대생활 잘하는 사람이 얼마나 아름다우냐?

*이형기(1933–2005), 「낙화」(1963)에서

잠과 밤과 꿈—버전 2

첫사랑을 내놓지 않았는데 첫사랑이라고 하는 경우
[내] 소리가 들리지 않은 경우

영원한 미제사건의 주동자가 될 줄 몰랐다

밤, 잠자리에 들었고 잠이 들었고 所謂 그대로 그대로 영
원히 잠든 경우가 있었고,

문제가 첫사랑 리얼리티가 아닌 듯.
꿈인 줄 알고, 이어서 꿈을 꾸는 일

호적에서 지워지고 차츰 기억들에서 지워지고,
지워진 줄 모르고 꿈을 꾸는 일

생년월일이 있고 몰년월일이 없는 경우.
죽은 것이 아닌 나날들,

기억에서 지워졌고, 기억에서 지운 그도 기억에서 지워

졌어도—
예의 첫사랑도 호적에서 지워지고, 기억에서 지워졌어도—

꿈이 아닌 줄 모르고, 꿈에서 깨어나길 기대하는, 맨 처음
잠들 때 상황 그대로,
처음 그만 몰랐으나, 지금쯤은 아무도 모르게 된 사실

그대로 그대로 잠든 경우가 계속되리라는 것.
꿈에서 깨어나기를 기대하는 것, 유효한

사라져도 사라진 것이 아닌 게 된
영원한 미제사건의 주동자인 줄 모르는, 밤과 꿈.

수면사망의 수모를 위한 노래—버전 3

수모는 계속된다, 잠인 줄 알았으나 잠이 아닌 것.
본인만 모르고 다 아는 사실
늘 죽기에 충분한 나날들이었으나 당사자가 될 줄 몰랐다.
당사자이면서 정작 당사자는 모르는 게 인생 아니겠어요
얼렁뚱땅 이게 수모 중의 수모, 아니겠어요?

수면사망의 수모에서 벗어나는 길이 취침사망을 덧없게
하는 方案으로서,
나날들 '잠자다 죽게 하소서' 성령 充滿하게 기도하는 것.

[어디 닭 우는 소리 들렸으랴] 어디 취침사망만 있으랴.

몰락의 수순 中 자발적 몰락요청 수순만한 것 있으랴,
이랴 이랴, 미리 고개를 떨기고 여기 사망의 輪舞를 추느니
수면사망 수모에서 벗어나서 뿐 아니라,
사망 일반의 수모에서 벗어나리라. 벗어나리라
벗어나리니. 수면사망에 걸리신 분들,
어디 사망 아닌 것이 있어요? 수면사망에 걸리실 분들

어디 사망 아닌 것이 있겠어요

[백마 타고 오는 초인이 있어] 어디 사망 아닌 것이 있겠어요
노래 부르지 않겠어요, 모두 일어나세요
어서 일어나 노래 부르세요; 어디 사망 아닌 것이 있어요

미리 뛰어 천상에 개구멍을 확보하는 방식
순순히 내줄까 기대하는 방식
구멍으로 구멍을 보증하는 방식이라고 말하는 방식
미리 뛰어 처형 비켜가는 古典
따라하는 고루한 방식 말고 뭐 있겠어? 묻는 방식
우리 만난 적 있지요? ─없어요!
알면서 모르는 체 뛰는 방식
구멍으로 구멍을 들이대는 방식인데─

이번에도 통할까?

떠나서 돌아오지 않는 법

집을 떠나갈 곳 없는 사람, 복되도다
돌아오지 않을 곳 없는 사람
집을 떠날 수 있고 돌아오지 않을 수 있는 사람, 복되도다
그 사람이 나다, 그—라고 말할 수 있는 사람이
그—라고 말해서,
떠나서 돌아오지 않는 것을 말하는 방식
떠나서 돌아오지 않는 법
길을 잃는 방식, 복되도다
누구도 길을 찾아주지 않는 법이

가정기도서

인생이 무엇인가? 묻지 않는 만큼만한 기쁨이 차오른다

기쁨이 차오를 때 인생이 무엇인가 물으면서 기쁨이 차오를 때 인생을 즐길 줄 모른다 한탄한다. 인생을 꾸짖는다

인생이 무엇인가? 묻지 않는 만한 만큼 기쁨이 차오른다 인생이란 무엇인가? 묻는 것보다 그 시간에 인생을 놀자 起案한다

인생이 무엇인가? 묻지 않는 만큼 기쁨이 차오른다

소름 끼친다. 人生이 무엇인가? 人生이 무엇인가? 묻지 않고 기뻐하는 일에 소름 돋는다

인생이 무엇인가? 묻지 않는 만큼만한 기쁨이 차오른다 묻지 마라 인생이 무엇인가 적막으로서 은하수라도 답하지 마라. 춤을 추며 잊지 않았나? 쪽에서 쪽으로 건너가는 기분

기뻐 춤추는 날이 아니라, 춤춰서 기쁜 날
벌레들조차 이쪽저쪽 건너간다

인생이 무엇인가? 묻지 않는 만한 만큼 기쁨이 차오른다
왜? 뒤돌아보지 않는 벌레 하란 말인가?

인생이 무엇인가? 묻지 않는 만큼만한 기쁨이 차오른다

인생이란 무엇인가? 춤추면 된다. 끔찍한 일 아닌가? 인
생이란 묻지 않는 일만한 만큼 기쁨

묻지 않는 만큼 기쁨이 차오른다, 인생이 무엇인가?

사라지는 것은 사라지지 않는다 —최후의 멜로디
1915년의 선언문이라고 명명한 것.
바꿔 말하기의 시절
비극에 비극이 없다 —비극적 분위기가 비극에 없다
비극이 사라지지 않는다
바꿔 말하기의 시대.
사라지는 것은 사라진다,
왜 그랬단 말야 —왜 그랬다는 말인가?
지하, 그 감방에서 호곡하는 소리,

'한 시간 후에는 기분이 좋아질 거야 —이것이 아니라면
인생이 도대체 뭐겠냔 말인가' —말하지 않은 거—왜 그
랜 거냐—왜 그랬다는 말야?

박정만 멜로디에 대한 멜로디

뒤러, 『멜렌콜리아 1』

천사가 턱을 괜 자세―멜랑콜리 특수의 자세
비애-피로-나태, 漏水했거든,
움직이지 않는 神.
천사가 눈 부릅뜨고 먼 데를 바라보는 게
고통을 적극적으로 漏出했거든.
움직이지 않으면서 움직이게 하는 神.

'목성을 찢어죽이는 힘'

소주잔을 일직선으로 밀 때, 건배사用이 아니라

노 저어가자―― 노 저어가자

두만강 나린 소나기처럼 말이다

소주잔을 늘 에둘러 건배然 하는 것은

볼성부른 목성처럼 자연스러운 일

태양계 장난질!

도라무통이 떨어진다!

잡아먹기 위해 찢어죽이는 힘이 필요하다

차라리 없는 게 낫지 않았나?

오른팔로 한국식 소주잔을 들어 돌리는 일이

藝術하는 것으로서

우주를 위해 직각으로 만납시다, 우주가 우리를 정당화

하지 않습니다

소주잔을 떠미는 길이 두 점 사이 가장 짧은 길

평행선이 늘 만나지요. 충고는 무슨 충고

목성 좇다 큰일난 인생이 많습니다

잡아먹기 위해 찢어죽이는 힘. 망원경으로

볼 때만 해도 순진하게 원샷 했지요.

결과가 박인환

세 번째 행성이 비좁은 납골당 아닌가요?
태양빛을 다 쓰지도 못하고
우울의 삶이 사망이라 사망신고서를 사망신고서에 타서
초록빛을 내는 넓은 바닷물
우울의 삶이 사망이라 봉분 위에 봉분을 덧칠해서
초록빛을 내는 넓은 大王陵
우울의 삶이 사망이라 초록별이 비좁은 납골당 아닌가?

사랑은 가도 태양빛이 남는 법
호숫가 공원 벤치가 남는 법

초록무덤*

무덤이 빙산의 일각이란다.
거대한 무덤이란다, 지구가.

무덤 위에 무덤이, 무덤 위에 무덤이
쌓이고 쌓여,

단단해졌단다. 동글동글해졌단다.
초록 풀이 입혀졌단다.

바다가 무덤 아닌가요? 죽은 자를 물에 타서,
죽은 자에 죽은 자를 타서,
초록빛을 내는.

그렇단다. 그래 지구가 초록이란다.
초록무덤이란다.

*졸저, 『모자나무』(2006)에서

맑은 상태에서 범행을 저지르는 것

얼음이 녹지 않는 것이 얼음-꽃

꽃이 지지 않는 것이

꽃-얼음, 맑은 상태에서 저지르는 범죄들

부들부들 떨며 말하는 게스투스, 혹은 제스처

제발, 인간으로서 예의를 지키게 해 달라

혼신의 힘으로 서서 웅얼거리는 것이—

인간 때문, 너희들 순수이성 탓

얼음이 얼음꽃을 위하여; 꽃이 꽃얼음을 위하여,

상처를 내장하는 秘術

어머니, 슬퍼하시면 안 돼요

봄이 오며는 개나리 피겠지, 진달래 철쭉 오겠지

[상처 없는 몸뚱이에 관해 애송이 시절 말고 세월이 한참

가서 얘기하라. 인간으로서 먼저 예를 지키게 하라]

얼음이 얼음꽃을 견디고, 꽃이 꽃얼음을 견디고—

당신의 웨딩드레스에 관해,

頂點으로 저지르는 범죄들

어머니, 너무나 슬퍼하지 말아요

— 오래 살면 해를 많이 알게 된다, 애야

여성과 形式

마음에 있는 거대한 形式을 태우는 거
우리가 별이 되는 거였어 — 목표 말야
목적 만나 활활 타버리는 거

검은 안경을 쓰고 비밀취급認可
바라보는 자의 性을 여성이라 해두자
굵다란 영혼을 만났다
지구를 다 펼쳐놓을 수는 없지 않나?

최고의 율법, 잠시였네, 다시 올려보았을 때
사라졌네

태백산맥을 기웃대본 인류가 알지—몇몇 장면—性的 판
타지 오래오래 기억한 인류가 알지.

양철북을 쳐본 인류가 알지—몇몇 장면—性的 판타지 오
래오래 기억한 인류가 알지.

性的 판타지가 기웃댄 거라는 거—정식허가가 떨어지지
않은, 非認可라는 거

율법이 아름다운 거—최고라는 거

기웃대보라고 하는 거—가책을 느껴본 인류가 알지.

세계가 생생하게 생생을 是認시키는 거

태백산맥을 기웃대본 인류여만 하거나 양철북을 쳐본 인
류여만 하거나

전투라는 거, 일대일로 전개됐다는 거

구름을 올바로 응시하는 거—생생해지는 거

세계를 생생하게 是認시키는 것이 구름이라는 거—어정
쩡하게 기웃대본 인류가 알지.

性的 판타지로서 평생 살게 된다.

순수의 시대를 기웃대본 인류가 안다.

강남스타일을 기웃거려본 인류―3만 명의 馬춤―말귀와
말발굽―3만 명의 사티로스 그들이 어디 갔는가.
가장 큰 구멍에 들어갔네―내가 이렇게 말했네.
대낮에 붉은 램프를 들고 다니는 인류―세월이 흘러 흘러
누웠게 되었을 때
양철북-소리에서 사라져야 했네―안동댁에서 끝내야 했네.
불쌍한 우리 하이네―매트리스인생을 보내는 인류가 알지.
최고가 율법이고, 최대가 율법의 완성이라는 거
모르는 게 없을 때―일어나지 않은 게 없으므로―우리가
일어나야 하는 거―율법 중의 율법이 있는 거―오래 후에
알게 됐네

녀석아, 녀석아 머릴 내밀어줘라

햇볕과 안개, 그리고 그 안을 운행하는 하얀 손이
붙잡아 올린 奇蹟,
매번 그 뜻에 이끌리어 바닷가에 온다
매年 그 뜻을 존중해서 수평선을 지켜본다

녀석아, 녀석아 머릴 내밀어라
거북과 지내고 싶다 바다 속으로 들어간 녀석아

머리를 내밀지 않으면 나를 잡아먹을 테다
하얀 손을 잡아먹을 테다

아니요, 아니요
하얀 손이시여, 내 願대로 마옵시고
당신 願대로 하옵소서

녀석아, 녀석아 머릴 내밀어줘라,

모차르트 CD

하녀가 들을 수 있고 왕세자가 들을 수 있고
모차르트 CD가 위대하다
모차르트 CD를 살 수 없는 하녀
왕세자 곁에서 듣는다
모차르트가 죽었을 때 하녀가 죽었다

무슨 상관이란 말인가—버전 1

비 그친 뒤 웅덩이가 어떻게 되었나 봤더니
웅덩이가 우산을 쓴 듯
잔잔함을 그치고 있었다.
잔잔 잔잔하게 울렁이던 수면
당장, 넓이 그대로, 깊이 그대로인 것은 맞지만
썩으리라는 것은 분명했다.
찌꺼기가 될 것은 分明했다.
잔잔하게 울렁이던 시대가 갔다.
고스란히 당해야 하리.

다른, 어느 아파트 단지 아스팔트 위
잔잔하게 일렁이는 웅덩이.
잔잔 잔잔하게 내리는 비.
넓이 그대로, 깊이 그대로
잔잔하게 울렁이더라도, 누군가에 의해.
무슨 상관이란 말인가.

다시, 잔잔 잔잔 잔잔 내리는 비.

잔잔하게 울렁이는 웅덩이.
일렁이는 수면을 보는 눈이 다시 있어
넓이 그대로 깊이 그대로이지만
그게, 무슨 상관이란 말인가.

대담한 햇볕—버전 2

잔잔하게 내리는 빗줄기, 잔잔하게 튀는 빗방울
면적 그대로 깊이 그대로
잔잔 잔잔 잔잔 일렁이는 수면
몇 줄기인지 알 것 같은,
대담한 햇볕, 훤히 드러나게 하는, 영원히
김 피어오르는, 모락모락,
몇 줄기인지 알 것 같은, 몇 줄기에 반응하는
물 웅덩이, 웅덩이라고 할 것 같지 않은
아스팔트, 평면이 잠시 휜 곳
면적 그대로, 깊이 그대로
간단하게 내리는 비, 간단하게 어리는 볕
간단하게 울렁이는 수면.

슬픔이 먼저이고 그 뒤를 知識이 따른다

아현동 천주교회 30m → 팻말을 붙여 달라 했을 때,

현대한의원 원장은 난감했다.

현관 오른쪽 위에 설치해야 하나?

한의원과 천주교에 관해 생각했다.

천주교 때문에 한의원이 장사 안 되는 것에 관해—

'슬픔이 知識을 배반하리라.'

그리스의 그리스도 말씀 같다.

슬픔 때문에 여기까지 온 것 아닌가?

원장은 현관 오른편 위에 아현동 천주교회 30m → 이정

표를 달기로 한다.

억누를 길 없는 슬픔에 비하면 아무 일도 아닌 게야.

천주교 신자라고 개신교 신자들이 안 들어와도 돼.

슬픔이 知識보다 이르다—

책상 위에 책이 없다

무한한 책상이 무한히 작은 책상

손가락 없는 손가락, 100억 개로 쪼개고 100억 개로 쪼개는 손

아름답지 않고 아름답지 않지 않은 망치

두려움을 찾는 노력이 계속된다

17개의 책상이 17개의 책상을 붙들었을까

책상 위에 책이 없다

플러스와 마이너스를 붙잡아 둔 힘에 힘이 없다

자가증식하는 신체에 신체가 없다

손가락 없는 손이 넘기는 책과 함께 사라진 손가락 없는 손

손가락 없는 손이 손가락 없는 손

손가락 없는 손과 함께 사라진 책이 손가락 없이 사라진 책

자가증식하는 신체에 신체가 없다면

자가증식하는 신체에 신체가 없다

17에 17이 들어있지 않다면,

바닷가, 모래사장, 조개껍데기

바닷가, 모두 비슷비슷, 유명을 달리한 바닷가 해수욕장.
모두, 모두, 비슷한 태양. 그리고 바람이
비를 피해 모두, 모두, 들어간다.
바다만 빼고, 만원이 만원이다.
모두, 모두, 비슷한 사명을 타고났다.
모두, 모두, 그을린 태양. 그리고 인류가
비를 피해 모두, 모두, 들어간다.
뜨거운 바다가 인류를 설거지하리라는 것.

김칫독 뚜껑이 아닌, 맨홀 뚜껑인 말씀

맨홀 뚜껑이 열렸다— 김칫독 뚜껑이었으니까 하지만—
맨홀 뚜껑이 늘 열리는 것이다. 일어나는 일이 다 일어난다.
맨홀 뚜껑이 열리지 않을 리 없다. 늘— 열리는 것이 뚜껑이
니 해도
눈짓하는 그것이, 그것이 아닐 리 없다,

기도의 水位가 있다. 들어주는 者가 맨홀 뚜껑을 그 式으로
열었는데, 들어주는 者를 위에 두고 기도하는 일이 고양이
에게 9900원 짜리 광어 한 접시를 맡긴 꼴이다.
기도의 水位가 있다. 모든 것이 움직이고 움직이는 모든 것
이 사라진다— 기대하는 방식이다.
기대한 乙의 방식을 벗어나기 어렵다—두렵다,

기도가 바라는 것의 성취라고 할 때, 그 점유로 말하는 방식
을, 떼쓰는 방식으로 말하지 않고, 누설한 방식으로 얘기하
는 자.
중얼거림으로서 웅얼거림으로 해서, 귀엣말-으로서 속삭
임으로 해서, 聖취를 보증하는 방식, 무시무시가 무시무시

를 나타나는 방식으로 얘기하는 자.

맨홀 뚜껑이 열렸다 해서 아직 다가 아니다 — 아니란 말
이다! 우는 방식, 눈시울을 서쪽으로 붉게 물들이는 방식
이 있지 않겠소?
케이블카에 홀로 탔고 케이블카가 무사히 당도하기를 울
면서 아니 울면서 기대하는 그이를 기대하는 방식이 아니
면 뭐겠소? 그이의 한국산 머루 포도주를 기대하는 방식
말고, 그이의 기도를 기대하는 방식 말·말.

에이, 김칫독 뚜껑이 아니라, 맨홀 뚜껑이라는 말씀, 그러
지 뭐, 先賢들이 줄줄이 그러셨잖아. 천장에서 고개를 쑤
욱 내밀고 내가 그랬으니 너가 그러라, 범례를 만드셨던
거, 잊지 마—늘 잊지 마,—고개를 맨홀 구멍에 처박는 거

에이, 아니지, 그게 아닌 거 알면서—, 〈저 푸른 초원 위〉
가 말하는 거 포기하고, 〈사랑하는 우리 님과 함께〉가 말
한 거 포기하고, 〈한평생 살고 싶네〉가 말하는 거 포기했
잖아, 천장에서 고개를 들이민 者, 얼굴 자세히 봐 -봐!

담배 한 갑 꿨고 담배 한 갑 갚는 방식으로 죽 — 미끄럼
타는 방식으로 미리 살았네. 볼품없는 자세 말이야. 점프

했으나 더 점프할 것이 없을 때, 김칫독 뚜껑이니까 어쩌
고 맨홀 뚜껑이니까 어쩌겠어.
구멍을 연습 삼아 했으니 연습으로서 뛰는 거.

내가 죽고 네가 산다면-인지 네가 살고 내가 죽으면-인지,
문제는 실상이다, 실상을 알면 놀라자빠질 거야.
내가 죽고 내가 사는 방식이지 뭐, 미리 뛰는 방식─ 심청
이 뛴 방식 ─나 살아 있는 거 맞아? 여기가 어디야!

용왕이 半 마중 나오는 방식, 용왕님의 영혼으로, 심청의
영혼이 아닌 것으로 미리 사는 방식, 볼품없는 담배 한 갑
자세로 미리 사는, 두 방식이 비겼어, 맨홀 뚜껑이든 김칫
독 뚜껑이든 뒤돌아보지 않는 방식으로, 미리 거리 있는
것에서.

처자식은 어떡하고 미리 산중에 들어갔으니, 나밖에 몰랐
어요, 고백하는 거, 후회는 없어요, 고함치는 거. 이 소리
가 아닙니다. 저 소리가 아닙니다. 妻가 子息을 등으로서
등으로 찾아왔을 때, ─生이 그 찬란한 틈을 드러냈을 때,
人生이 그 가혹한 진리를 드러냈을 때─ A를 기혹 그대로
B로 마중하는 것으로 했으니, 바스티유감옥이나 시스티
나성당이나 다를 바 없었듯이, 왜 그랬을까? 그 방법밖에

없을까요?

이 소리가 아닙니다— 저 소리가 아닙니다— 그 소리입
니다, 그 소리가 소리였더라. 모오두!!! 그 소리였던 거.
스무스하게 죽여주시지 않을 리 없도다— 먼저 맞는 매
가 꿀맛이었어 그 꿀맛으로 주욱 갔다.

백설공주가 일곱 난장이와 자꾸 헤어진다

신데렐라가 왕자를 다시 만나 행복하게 산다
계속 되풀이된다
인류가 존속하거나
인류를 기억하는 족속이 이어지면
한번 原因이 있으면
신데렐라가 왕자를 다시 만나 행복하게 산다

과거형 인류

한 병 남은 장수막걸리를 마신다. 달걀 세 개를 부숴 마신다. 장길재 시인과 통화가 되었다. 홍어에다 막걸리를 마신다. 로크는 버클리를 읽었다고 했다. 막걸리가 마실 가치가 있다. 점성술사가 과거를 보는 것이라는 말, 나만 과거형이 아니다. 미래에도 인류가 살았다. 440만 광년 떨어진 곳에서, 300만 광년 떨어진 곳에서

베를린-출신-편지

맨땅에 헤딩하게 되었는지 얘기할 때가 됐다.
이쪽에서 저쪽으로 넘어가는 얘기인지,
까만, 동공 속으로 들어갔으니까 다시는 나가지 못한다,
누가 나가라고 했더냐? 그쪽이 마찬가지야,
정신을 뺏겼으니까 다시는 얻지 못한다,
누가 얻으려고 한댔어?
精神의 공동화가 목표, 아니었는가?
작은 무덤 말이야, 영국 출신의 역사家 말이야.
자취를 감추는 거 말이야, 사랑 말야.

빛이 빠져나가는 거 봤어?
내파시키는 게 방법인데,
절실하지 않은 게 절실한 것에 밀리는 거—
강호의 무사가 가르친 거,

정치에 예술이 밀리는 법,
투쟁하는, 한국의 프롤레타리아가 詩 쓸 시간이 없다.
아침 일찍 일어나면 알게 되지—다시는 만나지 못하리.

잠깐, 후손을 위해 뭘 남겨야 한다, 그 말 말야.
후손이 알아서 할 일이지,
금정에 세워져 있는 케이블카—후손을 위해
걸어 올라가라는 말씀, 태어나지 않은 후손을 위해
백운사 경내에 못 들어가게 하는 말씀.
—무슨 소용인가—내가 이렇게 말하더군.

처음을 잊지 않는 거, 동방예의지국이므로,
동작동국립묘지에 들어간 지 오래, 누가 나가겠어.
마찬가지 아니겠소? 共同體에 합류했는데 뭘,
정신을 주장하겠어.
베를린에서 도착한 리프크네히트 편지 말야.
절실한 것이 절실하지 않은 것을 떠민다니까.
그의 솜이불이 늘 깔려있었다-니깐.

神을 두고 어찌 먼저 가나?

하얀 알약이 구멍에 딱 걸려 안경집의 상호분리로 판명
났을 때,
맑은 파랑 노랑 캡슐로 등장한 프로작
김박사의 안면, 치렁치렁 머리털을 늘어뜨리는 오늘
하인리히 폰 오프터딩엔 없이 잠 못 이루는 밤
앞뒤를 바꾸고 위아래 좌우를 바꿀 때,
100년이라고 치고, 어디 있는가?
神을 두고 어찌 먼저 갈 수 있나?
대기 중에 떠돌고 있거나, 더 멀리
광대한 대기 속을 떠돌고 있거나 광포한 선율을 듣고 있
거나
태양 너머 어디쯤 떠돌고
태풍이 없으니 셀 수 없는 멀리까지 안 갈 거야

아인슈타인 선생에게

사라지는 것은 사라진다! 사라진다가 사라지는 것을 부정하는 것으로 볼 때, 사라지는 것은 사라지지 않는다가 된다. [모든 것이 움직이고 움직이는 모든 것이 사라진다] 사라지는 것이 사라지지 않는 것이 사라지지 않는다. 사라지는 것이 사라지지 않는 것이 사라지지 않는다가 사라지는 것들을 물끄러미 바라본다. 살아본 적 없는 사라지는 것이 사라지지 않는다가 살아 있다가 뭘 말하는지, 움직인다가 뭘 말하는지 모른다. 사라지는 것은 사라지지 않는 것을 부러워하지 않는 까닭이다. 삶이 뭔지 모르는, 영원히 살아 있어야 하는, 사라지는 것이 사라지지 않는 것을 부러워할 까닭이 없다. 사라지는 것이 사라지지 않는 것이 '사라지는 것'을 부러워한다.

이러지도 못하고 저러지도 못하고—버전 1

몸을 내놓는 거— 부탁해서 창문으로 미리 뛰는 거
돌을 돌보는 방식, 돌을 돌보며 지내는 방식
의기양양— 한 번 죽지 두 번 죽나— 독배 쑤욱 들이키는
방식
—배가 들어왔을 때 배에 얼른 올라타는 방식.

무엇이 더 남았을까, 조세 조사하니까
몸이 없더라, 그 말씀
녹음기에 녹음했는지 몸이 없다, 그 말씀—

정말인가? 어려운 질문에 반문하는 방식, 그게 뭘 말하는
데?
몸이 없는 게 뭔데?

몸 말고 없을까? 몸이 없으니까 영혼이 있겠네! 그 방식,
영혼 없는, 몸을 뭐에 쓰라고 내놨다는 거야?
그 방식, 몸 없는 영혼은 어떻게 되는 건데?— 이 방식

영혼을 내놓는 式이 있는데— 다른 영혼 보고 덮어씌우
게 하는 式이 있는데
〈내 영혼을 온전히 맡기나이다〉— 의탁하는 방식,
다른 영혼으로 사는 방식이 있는데—

이러지도 못하고 저러지도 못하고—버전 2

영혼을 내놓는 것— 부탁해서 미리 뛰는 거,
살아서 아우슈비츠에서 귀환한, 레비가 아파트 창 열고
뛰었는데 뭐, 3층 밖이지만. 아우슈비츠에서 미리 뛰었다
봐야지, 부탁했다 봐야지,
피 한 방울 안 나온 걸로 봐서 그래.

무엇이 더 남았을까? 照查局 통하니까, 나에게 영혼이 없
다, 이렇게 나오는군.
녹음기에 녹음했는가? 아니아니 녹음기 트니까, 정말 안
나오더래.

정말 없을까? 영혼 말고 없을까?
영혼이 없으니까 몸이 있겠지 말하는 그 방식 말고,
몸이 없는, 영혼을 뭐에 쓰려고 내놨어? 자기 소개를 그
렇게 해? 다 내봐야지 될까말까 아냐?

저기가 그렇다 치고— 여긴 어떡해? 영혼 없는 몸을 누가
쓰려고? 여기서는 안 그러겠다—?

내놔도 안 내놓은 式, 없어도 있는 式, 있어도 될까말까,
알고 있다.
―아, 그런 거로군―그래도 되는군

통재라! 양다리 아니고 뭐야? ―양다리 아님 뭐야, 그런
거 아니었어?

다 그런 거, 미리 뛰는 방식으로 두 번 뛰지 않는 거
피 한 방울 안 흘리는 방식―피 한 방울까지 다 사는 방식

에이 모르겠다 힘들었구나! 해라 내려!

낭만적인, 너무나 낭만적인

이중문이 아니고 이중창문이라고 설명하니까
둘 다 이중의 노고로서 설명하더라도
창문 열고, 또 창문 열고 뛰는 것이라는군
현관문 안에서 열고 바깥에서 잠그는 式이 대략 곧
돌아오겠다 문에 말하는 것
돌아갈 곳이 있는 것으로 지금까지 살아왔다.
돌아오지 못하는 건지 돌아가지 않는 건지 모르는
경우, 오도갈데 없는 침대에 누워 있는 때가 되겠지
돌아오지 못한 것으로 판명 났을 때 잠시 눈물이 흐르고
自身을 위한 눈물인지 돌아오지 못한 者를 위한 눈물인지
모르고
어느 것으로 판명나지 않았을 때 평생 그것으로 살게 되
는데,
침대에 누워 있는 것으로 해서 짧은 기간이 될 거야
돌아오지 않을 거야, 해놨으면 얼마나 좋을까
돌아오지 못한 것과 별반 다른 게 없는 것.
돌아올 것으로 알고 나갔는데 돌아오지 않으니
평생 그 사람을 모르고 산 게 되고, 그 사람이 살았는지

죽었는지 모르게 되고,
돌아갈 곳이 [어디] 있는 것으로 사는 것이 공정했던 것

말없이 나가 돌아오지 않은 사람에 관해 생각해
집이라는 구조물을 파괴시키는 쉬운 방법
말없이 나가 돌아오지 않을 경우를 생각해,
그럴 수 있을까 그럴 수 없어 하나, 일이 벌어진 것
얼마나 준비했을까, 돌아갈 곳을 마련하느라 말야
병수발 하느라 고생이 많았지, 간단하게 생각하자
제주도 앞바다 선상에서 뛰었는데 울릉도 앞바다에서 발
견되었다지 않나?
하루에 11명의 노년이 자살하고 하루에 12명의 노인이 실
종된다
하루 終日 실종자가 돌아오지 않는다
자발적 실종이 있고 비자발적 실종이 있는데 관심 가는
건 비자발적 실종.
그럴 수 있을까, 돌아오려고 하는데 못 돌아온다 말야
자발적 실종은 이해 돼. 비자발적 실종이 이해 안 돼
그만하자. 이건 글이라 할 수 없다, 이해 정말 안 된다

神들의 당당한 군홧발 소리

홀-복도-계단-난간-테라스-담장 곳곳에 진을 치고 있는
사티로스, 사티로스
무대는 막무가내 비어 있으므로 홀-복도-계단-난간-테
라스-담장이 무대라고 말했네,
화장실이 많았으므로 사티로스 사티로스, 나 말고도 더
있었다는 얘기. 여자들이 있는 것.
화장실에서 문제가 되는 것은 큰것과 작은것, 여자에게
그뢰세를 말할 때 무엇을 말하는지
작은 것을 볼 때 노출되는 그뢰세, 나는 사랑했던 때를 떠
올렸지만
사티로스들이 하얀 콜로이드를 발랐소, 작은 것을 참을
수 없었네, 그뢰세에 사티로스는 계속 콜로이드를 발랐소

오래된 지갑, 신용카드 두 장, 만 원권 지폐 몇 장-택시용,
교통카드를 강탈하고
안경과 세이코를 털고, 나는 나에게서 박탈당했네,라고
내가 말했소
화장실을 참을 수 없었네, 화장실로의 탈출이었지만 매

번 사티로스들이 있었고

나중에 안 일이라네. 神들이 몇 있었고, 神인 것은 의연했기 때문이라오.

神들은 화장실을 넘어서고, 작은 것을 넘어서고, 무대 위를 바라보네. 무대 위에 무슨 일이 있었나, 무엇을 기다리나? 질주하는 말발굽소리-영원히 비상.

구두가 없어졌네, 분홍구두를 가져왔네, 난 나에게서 박탈당했네, 내가 이렇게 말했네

책가방이 없어졌네, 노트 한 권, 북극점에 올라갔고, 텅 빈 느낌, 모두 두고 온 걸 알았네, 나는 박탈당했네

드라마 속의 드라마, 루스채플이 열리던 곳과 딴판, 피가로 결혼이 공연되었을지

몇 명의 연극왕을 뽑는 카니발, 이 詩人을 부탁한다는 柳시인, 모두 가면을 바르고 나왔고 폭력이 是認됐다-배설의 중요성이 입증되었다-배설이 권력이었고, 합창 대신.

조자명-잔혹한 진리를 토설했을 때 모두 귀를 기울였다-발푸르기스 밤-똑같은 반복이었네. 휴-꿈이었다-언제부터인가? 꿈이 꿈을 상징하지 않은 것은.

독일제 계단을 타고 내려오는 배우들, 계속 나타나는 화장실, 화장실이 중요한 것이 입증되었소. 엘리베이터를

타고 내려오는 금발의 마르가레테-헬레나. 사티로스들이
안 보이네.

북극점에서 돌아갈 수 없던 것-구두를 신고-가방을 들고
-세이코를 차고-지갑을 느끼며-교통카드를 찍으며-입성
하는 날-신들의 당당한 군홧발 소리

눈[雪] 날리는 소리

살아본 적이 없는데 어떻게 가란 말이냐
살아본 적이 없는데 사라지는 법도 있나
사라진, 것이 다시 사라지는 법도 있나

자기실망으로 사는 사람에게 묻는다.
무엇으로 사십니까?

──우울로 삽니다.
망望을 실失했으니 자기 망실亡失이다.

우울증이군. 멜-랑-콜-리 별거군
자기망실이군.

자기실망의 명수들이 우울이라는 열차에 올라탔다
일러, 멜랑콜리, 으음, 멜랑콜리

죽음의 명수들이 10만 명 당 가장 많은 열차,
폭주하는 기관차, 일러, 대한민국

멜-랑-콜-리로 사는 사람들이 많다
폭주하는 기관차, 일러 대한민국

자기실망 금지 캠페인.

자기실망 금지 캠페인이 필요하다

지쳐서 떨어지게 하는 방식 A-B

요즘, 1종 운전면허를 딸 때 1.5톤 그 푸른-트럭으로 연습
하는지, 1.5톤 트럭이 잘 있는지 궁금했다,
詩人들이 골고다계곡 골고다사막 골고다언덕으로 그 트
럭 몰고,
그 넓은 뒤-트렁크에 무얼 싣고 다니는지 궁금했다
이상하다, 열린 트렁크가, 닫힌 컨테이너-형으로 바뀌는
추세,
그 컨테이너 직육면체를, 그 담배 여러 보루 직육면체들로
차곡차곡 쟁였구나—컨테이너로 보였구나
1.5톤 푸른-트럭, 보닛 따로 없는, 스스로 직육면체 트렁크
하필, 하얀 담배보루인가
푸른색, 그 무지막지한 저돌성을 하얀색, 그 볼품없는 목
소리가 붙든 형국
그 목소리, 골고다에 대한 잔잔한 반주
저돌성, 골고다에 대한 열광의 1.5톤 구둣발 소리
떨어지는, 보루-박스로 떨어지는 담배를 좇는 광란의 사
제들
이쯤에서 말하리라, 곳곳에서 구원을 기대하였으나 늘—

구원을 미루었구나

구원을 미루는 것은 구원이겠지—구원이 구원을 미룬다,

구원이 구원을 미루는 방식이, 늘 구원이니

까, 구원이라는 말씀

모래 푹푹 빠지는 해안을 건너갔으나 그대로인 것, 햇빛 깊

이 일렁이는 푸른 대양을 건너갔으나 다시 떠나야 했으니

골고다 式 언덕, 골고다 式 복도, 골고다 式 계단, 늘 똑같

은 式

이쯤해서 그만두라는 건가

보루-박스가 많이 남았구나—보루가 박스로 떨어져서,

다 떨어져서, 푸른 그 저돌성만 남을 때까지 말야

지쳐서 나가떨어지게 하는 속셈

구원이 구원을 미루는 방식이 그게 아니라면, 담배 한 갑

이 또 떨어질 거야, 기대하는 방식

그게 아니라면 인생이 도대체 뭐라는 말인가?

지쳐서 떨어지게 하는 방식, 푸른-트럭의 방식

분명해졌군, 무대에 웅크린 푸른트럭, 푸른트럭의 하

얀 컨테이너, 무대장면 말야

지쳐서 떨어지는 방식이 제목이었다.

제목 보고 입장하지 않았으나 맨 나중에 제목이 보이더란

말씀

지쳐서 나가떨어지는 방식으로 퇴장하라는 말씀.

맨 나중에 제목을 보여주는 방식

말씀은 늘 있었다는군, 구원을 구원으로 드러내지 않았
으니 그게 말씀이라는 거

조금 더 가보는 방식, 담배 서너 개비 후엔 기분이 좋아질
거야—

조금 더 가보는 늘— 그 방식, 그 방식이 아니라면 그 인
생은 도대체 뭐란 말인가? 늘 그 방식

담배가 꼬붕인 방식, 담배의 꼬붕인 그 잔잔한 방식

이쯤해서, 늘— 이쯤해서 끝내는 방식

아버지 형이상학

대저 아버지는 돌아가셨다
누구더라도 삼가 조의를 표하는 것은
영원한 죽음이기 때문이다
아버지는 모르셨을 리 없다
몰락해주리라, 자발적 몰락 의지가 유일한 수순인 것
동일한 것이 영원히 반복되어도 봄 여름 가을 겨울
똑같은 순서로 영원히 반복되어도
영원히 반복해서 살아주리라 영원히 반복해서 기꺼이 몰
락해주리라
아버지가 평소 안하셨을 리가 없다
하늘이 부정되는 지역, 하늘이 하늘이 부정되는 것 말고
더 가르쳐주지 않았을 때
영원한 몰락에의 의지가 유일한 수순인 것을
아버지가 모르셨을 리 없다
만나보자~ 그때 그날 천국에서
대저 지상에서 부르는 마지막 맹세,
만나보자~ 아버지가 말하셨을 리 없다
아버지의 아버지들은 어디 갔나,

아버지는 영원히 되풀이해서 몰락해줄 것을 요청하셨다
아버지를 믿는다.
몰래 돌아가실 리 없는 아버지시다.

몰락이 늘 이르다

이렇게 끝날지도 모른다는 생각에 사로잡혔다.
연습을 하느라고 했는데…….
유일한 수순이 기꺼이 몰락해주리라
신이 죽은 지방—신이 죽은 시대
계속 되풀이되더라도 계속 되풀이 살아주면 되잖아

자발적 몰락의지에 충만한 삶을 살아
삶이 무상한 게 아니라 죽음이 무상하게 되는 그날까지
깔끔하게 살아주면 됐잖아

몰락연습을 하느라고 했는데……,

이렇게 끝날 수 있다는 생각에 사로잡혔다.
몰락이 늘 이르고 연습이 그 뒤를 따르고,
끝날지 모른다는 생각을 했다.

몰락이 보름달 모양인지 모른다
몰락이 일찍 찾아왔다 생각했다.

시에서 철학적 사유로
— 시인 박찬일의 시적 형이상학 이해하기

박순영 (연세대 철학과 명예교수)

시에서 철학적 사유로

― 시인 박찬일의 시적 형이상학 이해하기 ―

박순영

1. 난해성 또는 비이해성

시 짓기(詩作)를 통해서 펼쳐지는 박찬일 시인의 사유세계는 넓고, 깊었다. 처음 그의 시를 접하고서 나는 오랫동안 그의 시적 세계의 주변에서 맴돌기만 했다. 그의 시는 나에게 난해했다. 그래서 더욱더 열심히 그가 자신의 언어로 지시하려고 하는 것이 무엇인지를 해독하려고 애썼다. 이해하려고 노력할수록, 그의 시에서 운율과 형식이 파괴되는 체험을 했을 뿐만 아니라, 그의 시가 가리키는 것 자체가 내 눈앞에서 해체되어 버리고 말았다. 그러다가 퍼즐처럼 해체된 조각이 이어지는 작업이 이루어지면서 그의 시가 비로소 내게 이해되기 시작했다. 프랑스의 철학자 랑시에르가 소음noise과 담론sound을 구별하여, '정치의 근본적인 목적은 소음으로만 지각되는 것을 담론으로 형성하는 과정' (자크 랑시에르 『감성의 분할』)이라고 말했듯이, 처음 내게 소음이었던 박찬일의 시가, 나중에는 수많은 철학자들의 합창 속에 전개되는 철학적 발상의 담론으로 다가오기 시작한 것이다. 결국 그의 시는 철학을 공부하는 나에게 아주 큰 도전이 된 것이다.

시인의 시적 세계를 이해하는 것이 결코 쉬운 일이 아니다. 그래서 현대시의 난해성에 대한 논의가 분분할 수밖에 없다. 계간지 『시인수첩』에서 마련한 노시인과 젊은 시인 간의 대담이 최근 신문에서 기사화되었다. '함축과 운율, 정제된 형식을 통해 혼돈에 질서를 부여하는 것이 시'인데, 시적 모호함, 무질서와 난삽함이 시작의 기술로 나타난다면 독자들이 시를 멀리하게 될 것이며, 이것은 우리 시단에 독(毒)이라고 염려하는 노시인(허영자)에 대해서, 젊은 시인들(박상수, 박성준)은 원래 '시는 불완전한 것'이라며 다양하게 '사회가 변하면서 새로운 수용·소통 양식이 형성된 것'이라고 이를 반박한다. 결국 난해시의 문제는 어려워서가 아니라 '친숙하지 않아서'라고 대답하였다. 그런데 문학평론가 김주연 교수는 자신의 필생의 평론 작업을 총괄해서 펴낸 『예감의 실현』이란 책을 소개하는 한 대담에서, 현대시는 오히려 '바뀐 환경을 새로운 언어로 표현하는 작업에 도전하는 최근 20~30대 작가에게서 희망을 발견한다"고 말한다. 젊은 작가들은 '재래의 언어로 비애를 표현하는 수준에 문학을 잔류시키지 않으려는 태도'를 보이고 있다고 했다(조선일보 2016/09/08). 이렇게 현대시의 난해성에 대한 엇갈린 평가를 나는 박찬일 시인의 시를 통해서, 한번쯤 정리해 볼 수 있는 기회를 갖게 되었다.

현대시가 난해한 것인가? 아니면 시를 이해하는 인간의 이해능력에 한계가 있는 것일까? 나는 대학에서 해석학Hermeneutik을 공부하였고, 해석학이 진정한 철학의 정신을 담고 있는 분과라고 생각하면서 한 사람의 해석학자로 살아왔다. 해석학은 인간의 삶이 표출된 모든 표현들이 해석과 이해의 대상이라고 규정하고 있다. 인간은 태어나서부터 이렇게 표현된 세계 속에서 '이해하면서 살아가는 존재'라고 생각한다. 이렇게 이해하면서 사는 것이 인간의 근원적인 존재방식이다. 그러므로 이해하는 만큼 인간은 존재하는 것이며, 인간이 존재할 수 있다는 것은 이해할 수 있다는 것을 의미한다.

원래 해석학은 텍스트해석에서 시작되었다. 성서와 문학텍스트의 이해에서 비롯하여 사회적 행위의 이해, 세계와 존재의 진리에 대한 이해에까지 해석학의 영역이 확장되어 왔다. 근대 해석학의 개척자였던 슐라이어마허F. Schleiermacher와 딜타이W.Dilthey는 저자가 전달하려는 내용을 독자가 어떻게 잘 이해할 수 있는가를 목표로 삼는 해석학은 바로 '해석의 기술'이라고 말한다. 이런 이해와 해석의 과정에서는 당연히 오해誤解와 비이해非理解의 상황에 부닥치게 된다. 이것은 언어의 한계와 경험의 한계 때문에 불가피하게 발생할 수밖에 없다. 그러나 이 모든 어려움을 넘어서서 해석학이 성취하려는 첫 번째 목표는 우리가 '저자보다 더 잘 이해하는 것' besser verstehen als Author이다.

이처럼 이해 불가능한 '난해성' Unverstehbarkeit과 부단히 접근함으로 앞으로 이해가능성을 약속하는 '비이해성' Nichtverstehbarkeit은 서로 구별된다. 결코 난해難解와 비이해非理解가 같을 수는 없다는 말이다. 딜타이는 우리가 이해하려고 하면 이해하지 못할 것이 아무것도 없으며, 인간이 산출한 모든 표현들은 인간의 것이기 때문에 우리가 모두 이해할 수 있다는 태도를 견지하고 있다. 심지어 그는 이해를 위한 전제가 되는 인간본질의 동질성이라는 형이상학적인 가정까지도 내세우고 있다. 이런 해석학적 원리는 낭만주의의 정신에서 비롯한다. 낭만주의자들은 이해의 한계를 넘어서 진정한 이해에 도달하는 '무한한 접근' Unendliche Annäherung 의 이상을 갖고 있다. 이런 정신에서 나는 시인 박찬일의 시를 하나하나 읽어내려갔다. 난해성에서 비이해성으로, 그의 시를 이해하고 해석하는 과정은 나에게 새로운 세계, 즉 깊은 초월적 세계로 인도하는 길이 되었다. 이해는 각 시점에서 세계를 열어주는 것이기 때문이다.

사람 속에 개가 있다./ 개가 나서기도 하고 사람이 나서기도 한다./ 개와 사람은 만나지 못한다.// 개 속에 사람이 있는 경우도/ 만나지 못한다.// 개가 사람이 되기도 하고 사람

이 개가 되기도 하나/ 함께 있지 못한다./ 개로 사람을 방문
하지 못하고/ 사람으로 개를 방문하지 못한다./ 별개이다.
개별이다// 개에 대한 기억도 없고 사람에 대한 기억도 없
다./ 별개의 방에서 개는 개를 추억하고/ 사람은 사람을 추
억한다.// 죽어서 하나가 되지만/ 개였던 줄 모르고 사람이
었던 줄 모른다./ 개로 죽으면 갠 줄 알고/ 사람으로 죽으면
사람으로 안다./ 개와 사람이었던 줄 모른다.

—「두 마리의 사람」 전문

박 시인은 인용시를 통해서 무엇을 말하려 했을까? 어쩌
면 가장 쉽게 이해되고, 가깝게 접근할 수 있으며, 어떤 윤
리적 교훈을 담고 있는 듯 보이는 이 시는 생각보다는 달
리 더 깊은 의미를 담고 있는 듯하다. 시인은 사람과 개라
는 개체를 거론하기는 했지만, 실제로 그들은 개도 사람
도 아니다. 그러면서도 개이기도 사람이기도 하다. 사람
이 개를 품고 있는 듯하면서도, 서로 만날 수 없도록 별개
의 개체이기도 하다. 그래서 시인은 이 두 개체는 서로를
'모른다', 서로 '만나지 못한다', 서로 '방문하지 못한다',
서로 '별개이다. 개별이다', '어서 하나가 되지만/ 개와 사
람이었던 줄 (서로) 모른다.' 란 말들을 나열하는 동안, 마
지막까지 결코 어떠한 단정적 규정도 내리지 않고 있다.
본질적으로는 그런 단정이 불가능하다는 것이다. 누가 이
시를 짐승만도 못한 사람에 대한 조심스런 경고의 윤리적

인 교훈으로만 이해했다면, 시인이 말하려는 진정한 의미를 아직 파악하지 못했을 수도 있다.

나는 이 시를 감상하면서, 박 시인은 이 시를 통해서 자기 자신의 시작적 기본 철학을 드러내주고 있다고 생각했다. 어쩌면 시집 전체가 이 시에 매달려 있고, 그의 시를 이해하게 하는 열쇠이기도 하다는 것이다. 그것이 바로 인간은 파악 불가능한 존재라고 말하려는 것이다. 독일의 초기 낭만주의자들처럼 그도 '개인은 파악 불가능한 존재' Individuum est ineffabile 라는 생각을 그의 시적 사고의 출발점으로 삼고 있는 것 같다. 개인은 결코 보편 개념의 규정 속에 들어올 수 없고 개념으로 파악될 수 없다. 왜냐하면 인간은 무한한 성질의 특성으로 가득 채워져 있기 때문이다. 말하자면 인간은 신묘막측神妙莫測하다는 것이다. 결코 논증적인 사고를 통해서는 진정한 인간이해에 도달할 수 없다. 우리는 논리와 체계, 논증으로 정련된 언어의 망 속에서 보고 말하고 듣고 생각하는데 익숙해 있다. 그런데 이런 개념적 이해로서는 다가갈 수 없는 것이 인간의 본질이다. 그래서 진리에 대한 깨달음은 언어도단言語道斷이고 불립문자不立文字이다. 이런 이유로 박찬일 시인은 시를 통해서 인간의 본질을 이해하고 해석하는 철학자의 길을 걷고자 했다. 그리고 인간이 종국에 가서 부닥치게 될 절대적인 사실을 우리에게 절박하게 고지하고 있다. 그는 장차 철학이 어떤 모습으로 자신을 드러내어야 하는가를 시작詩作이라는 특이한 장르를 통해서 펼쳐 보여주고 있다.

2. 인간이해

이미 오래전부터 인간의 본질에 대한 질문은 제기된 바 있다. 철학이 시작하기 전, 신화라는 글쓰기의 형식으로 그 첫 물음을 열었다. 스핑크스의 수수께끼는 인간의 본질에 대한 질문의 시작이었다. 그래서 인간의 역사에서 신화가 갖는 의미는 결정적이다. 신화는 '인간의 자기이해'이기 때문이다. 박 시인도 그의 시에서 이렇게 시작하고 있다.

> 스핑크스언어를 찾는 탐색이 오래전에 시작됐다 [고개를 숙여 걷는 자를 잡아들여라] / 인간이 누구인지 알게 된 後 지구가 물에 잠겨 있다, 인간의 언어가 주로 했다 / 太陽의 역사와 성간우주의 역사를 인간 무게가 설명한다 / 올빼미의 무게와 스핑크스의 무게를 설명했다 / 인간이란 무엇인가? 인간이 인간이라고 대답했을 때, 예견된 일이었다 //
> [⋯]
> 세계가 무한하지 않다. 경계가 없더라도 안과 밖이 선명하다. / 인류의 해답이 세계 바깥에 있지 않다 / 세계가 물에 잠겨 있다, 인간의 언어가 주로 했다 / 바깥은 안의 인류에 관심이 없다. 세계의 한계가 인류의 한계다 / 인류가 해답이다. 세계란 무엇인지 묻고 인류가해답이다, 말하는 게 낫다
> ―「인류를 위한 序詩―말할 수 있는 것에 침묵 말 것」

박 시인은 인간에 대한 궁극적인 질문(스핑크스의 수수께끼)과 거기에 대한 대답(지혜의 새─올빼미)을 엮어 인간은 자신에 대한 물음을 묻는 자가 자기에게 스스로 대답한다고 말한다. 인간이 무엇이며 세계가 무엇인가에 대한 답을 세계 바깥에서 찾지 말라고 충고한다. 세계의 한계가 인류의 한계이고, 인류의 해답이 세계 바깥에 있지 않기 때문이다. '말할 수 없는 것에 대해서 침묵하라'는 철학자 비트겐슈타인의 요구를 뒤틀어서 '말할 수 있는 것에 침묵하지 말 것'을 당부하면서, 언어와 인간과 세계의 한계를 솔직하게 고백하라고 다그친다. 즉 인류에게서는 침묵할 것이 아무것도 없으며, 인간이 무엇인가는 그 역사가 말해줄 뿐(딜타이)이다. 역사 바깥에, 세계 바깥에 귀를 기울이지 말라고 말한다. 바로 인류가 질문이면서, 곧 해답이기 때문이다.

　　그의 시 「리어카인생 50년이면」에서는 스핑크스의 질문에 대한 다른 대답, 즉 침묵할 수 없는 인간의 본질이 분명하게 드러나고 있다.

　우리 아버지도 그러셨다. 50년 동안/ 연탄 배달하다 돌아가셨다./ 리어카를 뒤에서 밀던 나는 막걸리를 마신다/ 일요일에 교회에서 기도하셨다. 일요일에/ 육림극장에서 가족이 스파르타쿠스를 본 적이 있다./ 아버지가 아버지를 아셨을까? 나는 아버지를 모른다./ 이러지도 못하고 저러지도 못하는데,// 돌아가신 아버지가 오셔서 리어카를 밀라 하신다./ 50년 동안 리어카를 끄셨으니까 갈 데가 없으셨다/ 리어카가 인생의 전부였던 인생./ 막걸리 때문에 아무것도 못하고 있지만,/ 막걸리를 50년쯤 마시면 내가 아버지 같이 된다?/ 막걸리가 인생의 전부였던 인생/ 인생의 전부가 있었던 인생이 갈 곳이 없다?/ 막걸리 때문이라고 생각하지 말라/ 아버지는 많은 걸 알고 계신다./ 연탄배달부인생이 막걸리인생에게 말하신다./ 막걸리를 50년 동안 마시면 아버지와 같게 된다.// 이러지도 못하고 저러지도 못해서 막걸리를 마시는 게 아니다./ 아버지가 계속 말하신다. 리어카인생 50년/ 아버지를 알고 계신 아버지가/ 막걸리가 인생의 전부인 인생에게

　　　　　　　　　　　　　　　—「리어카인생 50년이면」 전문

연탄배달부 아버지는 리어카에 연탄을 나르는 인생을 보냈다. 리어카 밀기 50년, 연탄배달 50년, 연탄 배달은 무엇을 의미하는가? 이 시를 통해서 그는 시지포스의 신화를 암시한다. 시지포스는 바람의 신 아이올로스와 인간 사이에서 태어났다. 호머는 시지포스를 '인간 중에서 가장 현명하고 신중한 사람'이었다고 하지만, 신들의 입장에서 시지포스는 교활하고 신들을 멸시하는 마뜩찮은 인간으로 통했다. 그가 우유곡절 끝에 지하세계로 끌려가서 가혹한 형벌을 받게 되었다. 지하세계의 왕 하데스는 그에

게 높은 바위산을 가리키며 그 기슭에 있는 큰 바위를 산꼭대기까지 밀어 올리라고 했다. 시지포스는 온 힘을 다해 바위를 산꼭대기까지 밀어 올렸다. 그러나 바로 그 순간에 바위는 제 무게만큼의 속도로 굴러 떨어져 버렸다. 시지포스는 다시 바위를 밀어 올려야만 했다. 하데스가 그에게 바위를 반드시 산꼭대기에 있게 하라고 명령했기 때문이었다. 시지포스는 다시 굴러 떨어질 것을 뻔히 알면서도 산 위로 바위를 밀어 올려야 하는 영겁의 형벌을 받았다. 그의 무익한 노동 앞엔 헤아릴 길 없는 영겁의 시간이 있을 뿐이다.

카뮈의 철학적 에세이 『시지포스의 신화』는 이 신화에 철학적인 의미를 부여한 작품이다. 바로 인간존재에 대한 실존주의적인 해석이었다. 시적으로 서술된 『이방인』과 함께 카뮈는 부조리한 인간의 근본경험을 어떤 가치도 어떤 초월에 대한 희망도 없는 주어진 세계의 사실성으로 열어 보여주고 있다. 거기에는 어떤 합리적인 세계해석이 존재할 수 없다. 이런 점에서 카뮈는 니체, 키르케고르, 하이데거, 야스퍼스와 같은 방향에 서 있지만, 부조리한 삶 앞에서 신앙으로 비약하는 키르케고르나 가브리엘 마르셀과 달리 그는 반항 속에서, 주어진 세계를 절대적으로 긍정하기 위한 절대적인 부정을 시행하는 길밖에 없다고 생각했다. 시지포스가 묵묵히 바위를 산 위로 굴려 올리는 행위 속에 반항이 실현되는 것이며, 절대적인 긍정이 실현된다.

리어카 밀기와 연탄 배달은 시지포스가 산꼭대기로 바위를 밀어 올리는 것과 같다. 아버지처럼 그 아들도 같은 운명에 처해 있다. 여기에 삶의 부조리와 무의미에 대한 해석이 담겨 있다. 반복되는 삶 속에서 시지포스나 아버지와 아들은 고역과 노역에 시달리고 있다. 그러나 그 이유와 목적을 알려지지 않는다. 그리고 이것이 언제 끝날 것인지도 알지 못한다. 아버지, 즉 인간 일반은 50년 아니, 수십년 동안 무거운 바위와 같은 리어카를 끌고 다니며, 연탄을 나르고 있다. 그러나 박 시인은 거기에 고분고분하게 복종하지 않는다. 신에게 도발하고, 죽음과 대결하고, 필연에 도전하고, 무에 저항하는 시인은 니체와 같은 시인 철학자이다. 사는 것이 고역이고 노역이어서, '교회에서 기도'나, '스파르타쿠스'를 언급했지만, 실제로 시인은 신앙의 비약이나 실패한 노예의 저항과는 다른 길을 선택하고 있다. '막걸리 50년'이다. 처음 리어카를 밀면서 막걸리를 마셨고, 막걸리 때문에 아무것도 못하면서도, 막걸리가 인생의 전부인 막걸리인생이 되고 결국 아들도 아버지가 된다. 아폴론적인 이성과 질서에 대항했던 디오니소스는 술의 신(박카스)이기도 하다. 서양의 술, 과일주인 포도주는 하늘, 땅, 사람이 하나로 조화를 이루어서 종자, 토양, 기후의 변화에 따라서 차이가 있는 값으로 매겨지지만, 막걸리는 막 걸러서 마신다고 해서 막걸리이다.

흥과 낙으로 가난한 농부나 서민의 고단함이나 인생의 무료함과 무의미를 달래주었던 막걸리는 꾸밈이 없는 순수한 곡물주이다. 포도주처럼 오래 보관할 수도 없어서 그때그때 마셔야 한다. 그래서 여기 시인이 말하는 막걸리는 그때그때마다 다시금 마셔야 하는 망각의 기운을 의미할 뿐만 아니라, 리어카인생에 대해서 아무것도 질문하지 않음을 의미하는 게 아닐까. 박 시인은 절대로 인생에 대해서 질문하지 말고 그냥 살라고 권한다.

인생이 무엇인가? 묻지 않는 만큼만한 기쁨이 차오른다// 기쁨이 차오를 때 인생이 무엇인가 물으면서 기쁨이 차오를 때 인생을 즐길 줄 모른다 한탄한다. 인생을 꾸짖는다// […] 인생이 무엇인가? 묻지 않는 만큼 기쁨이 차오른다// 소름 끼친다. 人生이 무엇인가? 人生이 무엇인가? 묻지 않고 기뻐하는 일에 소름 돋는다// 인생이 무엇인가? 묻지 않는 만큼만한 기쁨이 차오른다/ 묻지 마라 인생이 무엇인가 적막으로서 은하수라도 답하지 마라. 춤을 추며 잊지 않았나? 쪽에서 쪽으로 건너가는 기분 […] 인생이 무엇인가? 묻지 않는 만큼만한 기쁨이 차오른다// 인생이란 무엇인가? 춤추면 된다. 끔찍한 일 아닌가? 인생이란 묻지 않는 일만한 만큼 기쁨// 묻지 않는 만큼 기쁨이 차오른다, 인생이 무엇인가?

— 「가정기도서」

인간이란 무엇인가를 묻지 않는 것이 오히려 인생을 제대로 사는 방식이라고 시인은 말한다. 묻지 않아서 기쁨이 차오른다. 소름이 돋을 정도로 기쁘다. 그런데 아차, 기뻐하다가 부지불식간에 인생이 무엇인가고 질문을 하게 되면, 그 순간 다시 한탄하고 스스로 꾸짖게 된다. 여기서 시인이 말하고자 하는 '인생이 무엇인가를 묻지 않음'의 의미는 무엇일까? 묵묵히 리어카를 끌고 연탄을 나르는 일에만 몰두하라는 말일까? 세계 바깥을 인류 바깥을 내다보지 않아야 한다는 것을 의미할까? 박 시인은 '동일한 것의 영원한 반복'에서 지금까지 제기된 일련의 인간에 대한 근본적인 질문에 대답하려고 했다. 그것은 바로 니체의 허무주의에 대한 대답이다.

동일한 것의 영원한 반복이 동쪽으로 간 뜻
에 관해서이다.
동일한 것은 없다. 동일한 것은
영원회귀의 본뜻에 의할 때
가정이다.
'동일한 것이 영원히 회귀한다 해도'
가 주문主文이기 때문이다.
'똑같이 살아주겠노라'
도 가정이기 때문이다
일어나지 않은 일을 일어나게 했다,
영원회귀에 관해서이다.

하나이고 전부인 의욕,

동일한 인생이 영원히 회귀하더라도

똑같이 살아주겠다,

봄여름가을겨울이 인생인 나

　　　　　　　　　　— 「동일한 것의 영원한 반복」 전문

인용시는 니체의 전문용어인 '동일한 것의 영원한 반복',
즉 '영원회귀사상'을 암시하고 있다. 니체철학의 명시적
주제가 된 '영원회귀'는 허무주의와 관련되어 있다. 니체
가 허무주의를 접하게 된 것은 모든 권위를 부정하는 러
시아 무정부주의 정치운동과 연관이 있다고 하는데, 러시
아 허무주의와는 달리, 니체의 근원적인 허무주의는 생성
과 소멸의 우주적인 허무주의이다. 니체는 말한다. "우리
사상을 가장 무시무시한 형태로 사유해보자. 현존재가 아
무런 의미와 목표 없이 존재하고 그리고 무로의 끝없이
불가피하게 회귀한다. '동일한 것의 영원회귀', 그것은 허
무주의의 가장 극단적인 형태이다: "무('무의미')여 영원
하라!"고 했는데, 박 시인의 인간이해는 결국 허무주의로
종결되는 게 아닐까고 짐작할 수도 있다.

　우주와 세계와 자연이 생성과 소멸의 영원한 순환 속에
있다는 생각은 어떤 절대적 진리나 가치를 인정하지 않겠
다는 말이다. 이것은 결국 덧없음, 공허함, 불안 등의 정서
상태를 야기하게 된다. 결국 삶에 대한 부정으로까지 이

르게 된다. 이런 인간의 근원적 허무주의는 단순히 자신의 개인적인 죽음에 대한 불안에서 오는 것이 아니라, 생성과 소멸의 존재상황의 영원한 순환, 그 속에 존재하는 무의미와 덧없음의 고통에서 비롯하는 것이다. 니체는 이런 근원적인 허무주의에 직면하여 갖게 되는 두 가지의 태도가 생긴다고 말한다. 하나는 헛됨, 무의미, 공허에 빠지는 태도이다. 이것은 절대적으로 허무주의로 나가는 길이다. 니체가 원하지 않는 길이다. 이런 태도는 이미 카뮈의 『시지포스의 신화』에서 제기되었다. 합리적으로 설명할 수 없는 부조리와 무의미의 실존적 근본경험은 『이방인』에서와 같은 어떤 초월에 대한 희망도 없는 주어진 세계의 불투명한 사실성 앞에서 자아와 비아, 소망과 현실, 의도와 결과 사이의 건널 수 없는 간극에 좌절하고 있다. 그래서 묻는다. 도대체 삶은 그 자체 살아갈 만한 가치가 있는가? 카뮈는 유일한 길은 자살이라고 말하지만, 동시에 그것 자체가 부조리를 지양시키는 최종적 해결책은 아니라고 한다.

니체는 허무주의의 극복에 대한 또 다른 방식의 태도를 제시하고 있다. 생성과 소멸의 세계는 무의미의 세계이기도 하지만, 실제로 투쟁, 전쟁, 갈등, 모순, 부조화 등을 함축하기도 한다. 니체는 이런 세계가 오히려 조화와 의미로 충만한 세계일 수 있다고 보았다. 오히려 이 세계를 긍정하고 이 세계에 참여하면서 자신의 운명을 만들어 내고도 그 운명을 사랑하는 태도를 취해야 할 것이라고 말한다. 그런데 박 시인은 동일한 것의 영원한 반복에 대해서 '하나이고 전부인 의욕'을 불러일으키기로 작심한다. 의욕 또는 의지가 등장한다. 운명적인 것에 자신을 내 맡기는 의지이다. 니체가 말하는 '힘에의 의지'를 연상케 하는 결단이다. 운명애Amor fati와 긍정에 발을 딛고 더 적극적으로 공허함과 무의미에 대답하고 있다.

박 시인은 니체보다 한걸음 더 나가고 있다. 위의 인용시에서, 그는 '봄여름가을겨울이 인생인 나', 그것을 '똑같이 살아주겠노라', 그리고 '동일한 인생이 영원히 회귀하더라도 똑같이 살아주겠다'고 말한다. 영원한 반복을 주어지는 대로 받아들일뿐만 아니라, 그는 거기에다 '동일한 것의 영원한 반복'을, '가정이다' 또는 '주문主文'이라고 해석한다. 주문主文은 법률적으로 법원판결의 주문(판결의 결론 부분)을 의미하기도 하고, 복합문에서 주가 되는 주문장主文章을 의미하기도 하며, 다른 사람에게 어떤 일을 하도록 요구하거나 부탁하는 주문注文일 수도 있으며, 입으로 특정한 어구를 외움으로써 신비적, 주술적인 효과를 산출시키는 글귀의 주문呪文일 수도 있다. 여기서 중요한 것은 박 시인이 '동일한 것의 영원한 반복'을 그 자체 무거운 짐으로가 아니라, 언어놀이의 대상으로 삼고 있다. 달리 말하면 '운명을 놀이하고 있다'는 것이다.

'동일한 것의 영원한 반복이 동쪽으로 간 뜻'이란 첫 번째 연의 시구를 통해서 니체의 주장을 선문답의 언어놀이 대상으로 삼기도 했다. 선문답은 본말전도에 대한 우리들의 통념을 일깨우는 언어놀이이다. 달마가 동쪽으로 갔건 서쪽으로 갔건 그게 무슨 상관이겠는가고 묻는 것이다. 여기서 중요한 것은 '동일한 것의 영원한 반복'이지, 그것이 '동쪽'이나 '서쪽'이나 '왜 갔느냐?'가 중요한 것은 아니다. 다만 너무나 습관화된 세계이해와 인간이해를 낯설게 하여 거기에 은폐된 진정한 진리를 밝히는 어법이며, 언어놀이이다. 특별히 하이데거와 가다머는 놀이를 예술작품의 존재방식이라고 말하기도 하는데, 놀이의 형식을 통해서 미적인 세계의 진리가 열려지기 때문이다. 그렇다면 니체와 박찬일 시인이 여기서 말하고 있는 허무주의의 실상인, 생성과 소멸의 세계는 일종의 놀이로서, 예술적 놀이로서 이해될 수 있다는 말이 된다.

3. 부정성

허무주의Nihilism란 말은 라틴어 Nihil이란 말에서 왔고, 이 말은 일반적으로 '없음' 또는 '아님'이란 의미로 통용되고 있다. 허무주의는 '신의 존재'나, '인생의 의미나 목표', '역사의 종말이나 목적'이 없다는 뜻에서의 '무無'의 허무주의를 지칭하기도 하지만, 지칭하고 있는것의 '아님'(非)의 허무주의를 지시하기도 한다. 다시 말하면 어떤 사실에 대한 부정형식이, 그 사실의 진정한 의미를 더욱 깊은 의미에로 이끌어들이는 효과를 얻어낸다. 또는 이런 부정성의 효과가 은폐되고 감추어져 있었던 진리성을 열어 밝혀주는 능력으로 작용하기도 한다. 이것은 우리에게 습관화된 사유의 일상성이나 습관의 폭력에서 우리를 건져내기도 한다. 이런 방식으로 사실과 존재의 부정성이 갖는 의미를 박찬일 시인은 그의 시 속에 수없이 던져 놓고 있다.

사라지는 것은 사라진다! 사라진다가 사라지는 것을 부정하는 것으로 볼 때, 사라지는 것은 사라지지 않는다가 된다. [모든 것이 움직이고 움직이는 모든 것이 사라진다] 사라지는 것이 사라지지 않는 것이 사라지지 않는다. 사라지는 것이 사라지지 않는 것이 사라지지 않는다가 사라지는 것들을 물끄러미 바라본다. 살아본 적 없는 사라지는 것이 사라지지 않는다가 살아 있다가 뭘 말하는지, 움직인다가 뭘 말하는지 모른다. 사라지는 것은 사라지지 않는 것을 부러워하지 않는 까닭이다. 삶이 뭔지 모르는, 영원히 살아 있어야 하는, 사라지는 것이 사라지지 않는 것을 부러워할 까닭이 없다. 사라지는 것이 사라지지 않는 것이 '사라지는 것'을 부러워한다.

　　　　　　　　　　　　　—「아인슈타인 선생에게」 전문

사라지는 것과 사라지지 않는 것의 상호적인 관계를 아인슈타인의 상대성 원리에 비추어 본다. 가사적이고 소멸할 수밖에 없는 인생은 결코 사라지지 않는 어떤 불멸의 존재가 어떠하리라 하는 것을 상상하지 못한다. 그런 대립해 서 있는 두 개의 항은 비록 그것이 상호적인 관계처럼 보인다고 해도 전혀 상관없는 독립적인 것일 수 있다. 사라지는 것은 사라지지 않는 것에서 이해되는 것이 아니고, 사라지는 것은 사라지지 않는 것과 영원히 만나지 못한다. 사라지지 않는다는 말은 사라진다는 말의 단순한 부정성에서 태어났기 때문에 그 자립적인 존재의 의미가 심히 의심스럽다. 그래서 사라지는 것은 사라지지 않는 것을 부러워하지도 않으며, 영원히 살아 있는 것이 뭔지도 모른다. 그렇다면 아인슈타인의 상대성 원리는 비상대적인 원리일 수도 있지 않을까? 그래서 박 시인은 '아인슈타인 선생에게' 저항한다. 아인슈타인은 사라지는 존재자의 존재 의미를 전혀 밝혀주지 못했기 때문이다. 그래서 박 시인은 인간의 가장 본질적인 것을 사색한 철학자 시인이고자 했다.

> 신데렐라가 왕자를 다시 만나 행복하게 산다/ 계속 되풀이 된다/ 인류가 존속하거나/ 인류를 기억하는 족속이 이어지면/ 한번 原因이 있으면/ 신데렐라가 왕자를 다시 만나 행복하게 산다
> ─ 「백설공주가 일곱 난장이와 자꾸 헤어진다」 전문

한 병 남은 장수막걸리를 마신다. 달걀 세 개를 부숴 마신다. 장길재 시인과 통화가 되었다. 홍어에다 막걸리를 마신다. 로크는 버클리를 읽었다고 했다. 막걸리가 마실 가치가

있다. 점성술사가 과거를 보는 것이라는 말, 나만 과거형이
아니다. 미래에도 인류가 살았다. 440만 광년 떨어진 곳에
서, 300만 광년 떨어진 곳에서

　　　　　　　　　　　　　　　　　―「과거형 인류」 전문

박 시인은 백설 공주이야기를 통해서 '동일한 것의 영원
한 반복'과는 다른 형식으로, 시간 속에서 일어나는 사건
의 단순한 반복이 가능한가를 되물어 본다. 인간은 자연
과학적 물리적인 절대 시간 속에 살고 있는 것이 아니라,
시간 속에서 인간은 내적으로 복잡 다변한 경험을 만들어
가고 있다는 것을 강조한다. 그리고 박 시인은 시간의 비
가역성을 파괴시킨다. 영국 철학자 로크(1632-1704)는 버
클리(1685-1753)보다 먼저 태어났다. 연대기적으로 전자
가 후자를 읽을 수가 없다. 버클리의 주저 『인간지식원리
론』(A treatise concerning the principles of human
knowledge)은 1710년에 쓰여졌다. 1704년에 이미 사망한
로크가 1710년에 출판된 버클리의 주 저작을 읽을 수 없
다. 비가역적이다. 천문학자는 별들의 형세를 보고서 미
래를 점치는 것이지 과거를 읽는 것이 아니다. 박 시인은
산문시 「과거형 인류」에서 시간의 비가역성을 부정해 버
렸다. 그리고 새로운 시간 개념을 만들었다. 미래가 과거
가 되고 과거가 미래 뒤에 설정된다. 그렇게 인류가 과거
형 속에서 산다. 비가역적인 시간 순서에 따라서 살고 있
는 우리를 뒤집어 놓았다.

무한한 책상이 무한히 작은 책상

손가락 없는 손가락, 100억 개로 쪼개고 100억 개로 쪼개는
손

아름답지 않고 아름답지 않지 않은 망치

두려움을 찾는 노력이 계속된다

17개의 책상이 17개의 책상을 붙들었을까

책상 위에 책이 없다

플러스와 마이너스를 붙잡아 둔 힘에 힘이 없다

자가증식하는 신체에 신체가 없다

손가락 없는 손이 넘기는 책과 함께 사라진 손가락 없는 손

손가락 없는 손이 손가락 없는 손

손가락 없는 손과 함께 사라진 책이 손가락 없이 사라진 책

자가증식하는 신체에 신체가 없다면

자가증식하는 신체에 신체가 없다

17에 17이 들어있지 않다면,

—「책상 위에 책이 없다」 전문

논증적인 사고를 선호하는 철학자들이 추구하는 진술의
원칙은 무모순성이다. 논리의 치명적인 결점이 이 모순이
다. 왜 모순적인 사고는 금지되었는가? 누가 이런 법을 만
들었는가? 무모순성의 진공 속에서 살고 있는 철학자들은
도대체 어떤 종류의 인간일까? 만약 그들이 모순 덩어리
의 실제 세계에 살게 된다면, 그는 무기력해지고 말 것인
가? 플러스와 마이너스는 서로 통합될 수 없는 대립 극이

다. 그것을 붙들 힘에 힘이 없다면, 대립으로 계속 존립할 수밖에 없다. 대립과 모순에 힘이 실려진다. 모순을 통해서 긍정을 설득한다. 손에 손이 없고, 신체에 신체가 없다. 그리고 17속에 17이 없다. 박 시인은 말한다. 모순이여 영원하라! 고 말이다. 모순과 부정성의 사태는 다시 몸과 영혼의 이분법적인 사고의 폐해에까지 번져 나간다.

[…]
무엇이 더 남았을까, 조세 조사하니까
몸이 없더라, 그 말씀
녹음기에 녹음했는지 몸이 없다, 그 말씀─

정말인가? 어려운 질문에 반문하는 방식, 그게 뭘 말하는데?
몸이 없는 게 뭔데?

몸 말고 없을까? 몸이 없으니까 영혼이 있겠네! 그 방식,
영혼 없는, 몸을 뭐에 쓰라고 내놨다는 거야?
그 방식, 몸 없는 영혼은 어떻게 되는 건데?─ 이 방식
영혼을 내놓는 式이 있는데─ 다른 영혼 보고 덮어씌우게
하는 式이 있는데
〈내 영혼을 온전히 맡기나이다〉─ 의탁하는 방식,
다른 영혼으로 사는 방식이 있는데─
　　　　　─「이러지도 못하고 저러지도 못하고─버전 1」

몸과 영혼을 이분법적으로 나누는 것은 우리의 사유 습관

이 되었고 문화의 코드가 되었다. 몸과 영혼이 독립적으로 존재한다는 생각에서, 몸과 영혼에 대한 별도의 처방을 내린다. 그리고 몸의 문제를 마음의 문제에서 분리시킨다. 몸과 영혼, 또는 몸과 마음이 일방적인 주도권을 가지고 있다고 생각하여, 영혼관리만 잘하면 몸은 저절로 따라오는 것이라고 생각한다. 일방적인 유심론과 편파적인 유물론은 모두 심신이원론에서 나온다. 그런데 박 시인은 이 문제에 대해서도 근본적인 회의를 품고 있다. 그리고 재치 있는 어투로 그 문제를 시에서 거론한다. "그 방식, 몸 없는 영혼은 어떻게 되는 건데?— 이 방식// 영혼을 내놓는 式이 있는데— 다른 영혼 보고 덮어씌우게 하는 式이 있는데/ 〈내 영혼을 온전히 맡기나이다〉— 의탁하는 방식/ 다른 영혼으로 사는 방식이 있는데—" 영혼이 홀로 독자적으로 존재할 수 없다. 더욱이 영혼이 몸을 떠나서 존재할 수 없다는 전제 아래서, 몸과 분리된 영혼을 누구에게 '온전히 맡기고 의탁할 수 있는가'를 묻는다. 만약 영혼이 몸에서 독립적으로 존재하는 것이라면 영혼은 몸과 함께 있기에 나눌 수 있는 많은 인간적 특성을 포기해야 할 것이다. 시인은 「이러지도 못하고 저러지도 못하고—버전 2」에서는 이 주제를 더욱더 첨예화시키고 있다.

영혼을 내놓는 것— 부탁해서 미리 뛰는 거/ 살아서 아우슈비츠에서 귀환한, 레비가 아파트 창 열고 뛰었는데 뭐, 3

층 밖이지만. 아우슈비츠에서 미리 뛰었다 봐야지, 부탁했
다 봐야지./ 피 한 방울 안 나온 걸로 봐서 그래.// 무엇이
더 남았을까? 照査局 통하니까, 나에게 영혼이 없다, 이렇
게 나오는군./ 녹음기에 녹음했는가? 아니아니 녹음기 트
니까, 정말 안 나오더래.// 정말 없을까? 영혼 말고 없을까?/
영혼이 없으니까 몸이 있겠지 말하는 그 방식 말고,/ 몸이
없는, 영혼을 뭐에 쓰려고 내놨어? 자기소개를 그렇게 해?
다 내놔야지 될까말까 아냐?

[…]

　　　　　　　—「이러지도 못하고 저러지도 못하고—버전 2」

아우슈비츠 수용소에서 살아남은 유대인 레비가 아파트
3층에서 뛰어내렸다. 그런데 피 한 방울 흘리지 않았다.
당연하다. 몸이 없으니까, 흘릴 피가 잠겨 있을 장소가 없
다. 피와 몸은 하나이기 때문이다. 그런데 몸은 있는데 영
혼이 없다. 수용소에서 조사국의 심문 과정을 거치게 된
재소자에게는 영혼이 없다. 무슨 말을 해도, 그의 정체성
을 붙잡을 수 있는 정신이 없다. 영혼이 없다. 심문의 전
과정을 녹음하고, 녹음기를 틀어보아도 영혼의 흔적은 하
나도 나타나지 않는다. 그런데 영혼이 없다면 몸은 있어
야 하는 게 옳은가? 「이러지도 못하고 저러지도 못하고—
버전 1」에서는 영혼만 있고, 「이러지도 못하고 저러지도
못하고—버전 2」에서는 영혼이 없고 몸만 있다. 실제와는
달리 편리한 방식으로 실제로 우리는 일상적으로 이분법

적으로 살아간다. 두 개는 하나인데, 우리는 이분법적 모순 속에서 살아가고 있다. 어떤 때는 유일 영혼의 유심론자처럼, 어떤 때는 유일 신체의 유물론자처럼 살아가고 있다. 이분법적인 사고에 제한되면 우리는 세계를 총체적으로 파악하지 못한다. 언제나 한 측면으로만 살아간다. 시인은 그것을 비판적 성찰 속으로 끌어들이고자 했다.

그것뿐만 아니다. 시인은 인간의 도덕적 행위에 대해서도 의문을 제기한다. 선행을 수행하는 것이 누구를 위해서, 무엇을 위해서인가를 성찰하는데 게으르지 않는다. 도덕적 행위는 공동체의 질서(도덕을 시민적 정치 제도 속에서 찾으려는 맨드빌)에서, 또는 인간이 행복을 추구하려는 마음(아리스토텔레스)이 있기 때문에, 선행은 신의 의지(크루스우스와 신학적 도덕론자들, 토마스 아퀴나스)이기 때문에, 아니면 인간에게는 본래적으로 도덕 감정(인간의 감정이나 정념의 토대에서 해명하려는 데이비드 흄)이 있어서, 타인에 대한 동정심이 있으며, 쾌와 불쾌, 칭찬과 비난 사이에서 쾌와 칭찬을 받으려는 본성 때문에 도덕적 행위가 가능해진다고 보았다. 칸트는 도덕적 의무감이 윤리적 행위의 발단이라고 말한다. 그런데 박 시인은 인간의 도덕적 행위가 위에서 제시된 어떤 것에서도 비롯된 것이 아니라는 것을 지적하고 있다.

맹인의 아들이 쌀을 빌리러 왔으나 맹인의 아들이 쌀을 빌리지 못하고 돌아가게 되었을 때 밥상머리에 앉아 있던 우리들은 큰 충격에 휩싸였다.

아버지의 친구가 맹인이었고 맹인의 아들은 우리 또래였다. 어머니는 고개를 숙이셨고 아버지는 숭늉을 들이켜 입 안을 헹구셨다. '또 오지 말라'는 말은 바라는 것을 줄 때 쓰는 말이었다. 우리는 아무 말도 못하고 앉아 있었고

맹인의 아들이 자주 왔었나보다 생각했다. 아버지도 참, 우리 앞에서 그런 일을 하시다니, 아니, 같은 또래의 우리 앞에서 그런 일을 보이시다니

맹인이 아버지 사범학교 동기였다던데, 이제 와서 생각나는 게 어머니는 문둥이가 올 때마다 밥을 덜어주셨는데, 밥이 없으면 뒤주에서 쌀을 퍼주셨는데, 아버지도 참, 친구한테, 맹인친구한테, 맹인친구의 아들한테, 우리가 보는 앞인데……, 무슨 사연이 있었던 게 분명해.

우리가 우리에게 지은 죄를 사하여 준 것처럼 아버지의 죄를 사하여 주옵소서 무슨 사연이 있었기에, 무슨 사연이 있었던 게 분명해. 어머니가 떠나신 지 햇수로 32년이 되었어도, 무슨 사연이 있었겠지. 우리에게도 사연이 없을 리 없겠어요?

　　　　　　　　　—「아버지를 떠나보내기 前에」 전문

아버지 친구 맹인이 아버지와 같이 사범학교를 나왔다. 그렇다면 아버지나 아버지 친구 맹인도 충분히 교육을 받았고, 도덕적 판단력을 충분히 갖추신 분이라 짐작이 된다. 특히 졸업하자말자 초등학교 교사가 되어야 했던 사범학

교 출신이라면 말이다. 그리고 또 사회적 책임과 의무를 잘 알고 있는 분이다. 그런데 아버지는 어려움에 처한 맹인친구의 아들을 도와주지 않았다. 아버지는 왜 그 아들에게 쌀을 빌려 주지 않았을까? 아버지는 일체의 도덕적인 행위를 보여주지 않았다. 그래도 생전의 어머니는 문둥이에게 밥을 주거나 밥이 없으면 쌀이라도 퍼 주었는데 말이다. "아버지도 참, 친구한테, 맹인친구한테, 맹인친구의 아들한테, 우리가 보는 앞인데……, 무슨 사연이 있었던 게 분명해./우리가 우리에게 지은 죄를 사하여 준 것처럼 아버지의 죄를 사하여 주옵소서 무슨 사연이 있었기에, 무슨 사연이 있었던 게 분명해."라고 말한다. 그러나 박시인은 아버지가 선행을 베풀지 못한 이유를 단순한 사연이라고 상상하게 만들었지만 분명한 설명이 주어지지 않았다. 어떤 변명도 없다. 달리 더 깊은 이유를 가지고 있는 것 같았지만 더 이상 설명이 없다.

특별한 사연을 설명하지 않는 박 시인 대신에, 우리가 만약 위의 인용시를 니체의 도덕적 행위의 기원을 규명함(도덕계보학)으로 해석해 본다면 어떠할까? 니체는 기독교적 도덕의식이 노예도덕의 근원이라고 평가한다. 강자에 대한 원한감정, 즉 복수심Ressentiment이 도덕의 가치전도를 일으켜서 비참하고 가난하고 무력한 자가 착한 자이며, 반면에 고귀하고 강한 자들은 사악한 자이고 잔인한 자라는 도덕의식의 전환을 일으키게 했다는 것이다.

이렇게 해서 도덕에서의 노예반란이 성공했다는 것이다. 이런 노예도덕을 통해서 인간은 왜소화되고 평준화되어 버렸다. 생명력을 가진 자기긍정과 위대함의 도약이 퇴락하게 되는 계기가 되었다는 것이다. 만약 이런 맥락에서 맹인 친구의 아들에게 전혀 자선을 베풀지 않은 아버지는 잘 길들여진 평균적 인간을 만들어 내어 인류가 퇴락하는 것에 저항했던 것이 아닐까? 어머니와 아들들은 '아버지의 죄를 사하여 주옵소서'라고 기도하지만, 아랑곳하지 않고 아버지는 노예도덕 대신에 주인도덕을 외친다. 강자의 주인도덕은 인간의 위대성과 인간에 대한 믿음 위에 서서, 단순한 단순히 선악을 넘어서 있는 인간의 가능성을 나타내고 있다. 그러나 시인은 니체보다 더 높고 깊은 도덕성의 수준을 보여주고자 했다. 그의 시 「속수무책 당하는 것으로 판명 났을 때」에서 어떤 깊이를 이해할 수 있게 되었다.

소가 인류와 다른 式으로 통증을 자각할 때,
문어가 말이야, 개와 비슷한 지능을 지녀, 우리와 다른 式으로 통증을 자각할 때,
펄펄 끓는 물에 산 채로 넣어질 때 말이야.
어류가 다른 式의 통증으로 타원형 접시에서 눈을 껌벅껌벅거릴 때
그 죄를 어떻게 감당할 거나?
다른 式이나 통증 정도가 인류와 마찬가지로 판명났을 때

말이다.

인생을 길고 긴 매트리스인생으로 가게 되었을 때,

파킨슨으로 해서, 소따— 아버지가 아버지라는 이름으로

해서, 88세 거인으로 해서

전혀 다른 式으로 그 통증을 알렸을 때

라오콘 式 아이아이아이아이아아 신음으로 알렸을 때,

다른 式이나, 마찬가지 통증으로 판명났을 때

아버지의 통증이 신음소리만한 것이 아니니

매트리스인생이라는 이름의 장대열차

장총을 마련하기에 늦었고, 아파트창문까지 갈 힘이 없고,

소가 눈물을 덜컥덜컥 흘리며 뒤로 뒤로 끌려가는 모습에

가슴 뻐개지는 통증으로 지르는 비명

희망을 달라 말씀하시나 속수무책 당해야 하는 것으로 판

명났을 때,

그 죄를 어떻게 감당하나?

아파트창문을 열고 미리 뛰는 것을 내 주체하나?

　　　　　　　—「속수무책 당하는 것으로 판명 났을 때」 전문

소와 개, 문어와 어류, 그리고 인류와 아버지가 모두가 통
증에 있어서는 같은 것으로 판명난다면, 통증이란 이름으
로 모두 평준화된 생물학적인 존재라는 말이 된다. 여기
어디에서 인간과 동물의 차이를 논할 수 있는가? 동물도
인간과 같은 의식을 가진 존재라고 생각한다면 통증에 관
한 한 구별이 있을 수 있을까? 이 지점이 생태문학의 출발
이면서, 또한 생태윤리학의 전제이다. 윤리학의 최종 근

거는 생물학적인 원칙으로 되돌아가야 한다는 것이다. 추상적인 개념의 '인류'나 '생물'은 영원할 수도 있다. 마치 여기 88세까지 살기를 소망하는 자가 있는 듯……. '거인 88세'라는 암호는 무한 기호 ∞∞를 바로 세운 숫자를 지시한다. 영원을 갈망하는 소망에서 나온 개별인간의 심층의식 기호이다. 은밀하게 감추어져 있는 인간의 욕망을 표현한다. 그러나 개별적 존재인 아버지나 소는 유한하다. 타원형 접시에서 눈을 껌벅거리는 어류, 눈물을 덜컥덜컥 흘리며 도살장으로 끌려가는 모습의 소, 통증으로 가슴이 뻐개지는 아픔 속에 속수무책 유한성으로 끝을 맺어야 하는 인간, 이들 모두에게 공통된 것은 아픔과 통증이다. 그리고 '희망을 달라하나' '속수무책 당하는 것으로 판명날' 수밖에 없는 생명들이다. 박 시인은 생명 윤리학이 니체 식의 강자 윤리학에 우선하는 도덕이라고 말하고 있는 듯하다.

부정성은 습관화된 일상성에 대한 반역이다. 부정성은 관습화된 규범과 가치에 대한 저항이다. 박 시인의 시에서 자주 망치로 철학을 하겠다고 나선 니체의 모습을 발견하게 되는 것은 우연한 일일까? 물론 박 시인은 그와 달리 호흡하고 있다는 것은 분명하다. 그러나 여기 부정성에서만은 니체가 못다 한 책임을 대리하고 있는 느낌이다. 몇 년전에 작고한 프랑스 철학자 데리다 J.Derrida는 어떤 책에서 니체Nietzsche의 이름과 관련된 흥미로운 사실을 적고 있다. 어떤 인쇄소의 식자공이 책을 만들면서, 니체의 이름 'Nietzsche'가 줄이 바뀌는 불가피한 상황에서, 'Niet'와 'zsche'로 분리시키게 되었다. 데리다는 여기서 니체의 이름에 첫 글자 'Niet'란 말이 우연하게도 러시아어로 '아니다', 즉 '부정'을 나타내는 말이라는 것에 신기해했다. 니체는 부정의 철학자라는 것이 이미 그의 이름에서 나타나고 있다는 것이다. '가치의 전도'라는 이름으로 알려진 '부정성'의 힘은 철학을 다시 보게 만들었다. 부정이 가진 위대한 힘, 그리고 부정의 통합이다. 먼저 부정을 통해서 인지하지 못한 세계의 다른 측면이 먼저 부각되고, 그 다음에 다름이 조화와 통합으로 가는 사유의 놀이가 실현된다. 인간의 삶과 우주가 생성과 소멸의 거대한 원이라면, 모든 다름은 동등한 가치를 갖고 있으며 그 관계는 영원하며 필연적이다. 긍정과 부정, 무한과 유한, 희망과 절망, 사랑과 증오가 연출해 내는 삶의 드라마는 유일회적인 사건이다. 영원한 무한자 앞에 한 개의 점과 같이 존재하며 부유하는 유한자에게 이 드라마가 특별한 은혜이고 감사일 뿐이다.

4. 시선

박찬일 시인은 일상적으로 우리가 보고 있는 세계와 다른 측면의 세계를 보여주려고 애쓰는 시인이라는 것을 알게 되었다. 그는 우리에게 그 다른 세계의 시선에서 세계를 경험해 보라고 권하고 있었다. 세계경험의 다름을 볼 수 있도록 부정을 선포하는 것은 분명히 허무Nihil의 '없음'보다는 더욱더 '아님'에 주목하고 있다. 그의 시를 감상하면서 부단히 나에게 다가오는 질문은 박 시인의 시 세계에서의 화자는 어느 곳에 서 있는가? 그의 시선은 어디로부터 오는가를 물어보고 싶었다.

眞理를 본 자, 그 眞理로 말하리라. 質, 그 형용-불가능한 구멍의 빛을 쐰 자 그대로 말하리라. 빛에서 얼굴을 돌리자마자 세상이 어두컴컴한 점들로 반등하는 거, 그것으로 보이더라-지만 사실 그게 아닌 것, 그 점이 소실점으로서 소실을 명하네.
마야 베일, 그 혹독한 대가가, 프랑크푸르트의 현자 말씀 그대로 전하네. 아무렇게 던져놓아 밧줄인 줄 알았으니 독사가 똬리를 틀고 있던 것— 독사가 똬리를 틀고 있었으나, 사실 아무렇게나 던져놓아 밧줄-였던 것.
뜻을 구하러 등불을 햇볕 성성할 때 햇볕 대신 들었으나, 대가가 실명으로 드러났을 때
단 하나, 뜻을 묻지 마라— 동쪽으로 간 자, 돌아오지 못했으니, 동쪽으로 간 자 동쪽으로 망하리라, 실현했으니, 그대 선 자리에 머물러, 아무아무 생각이 없이, 청천 강감찬-하늘 보는 거, 눈물 흘리는 것으로 퇴장 당하는 거— 알면서 모르면서— 벌목지대 그 한가운데에서 내리쬐는 星像 하나하나 불러보시게.

낮이 이미 소관이 아니더라. 소경이 소관으로서 뜻을 가혹하게 드러냈을 때, 자기를 神으로 소개한 자가 노크 없이 들어와-아! 눈을 낮게 해주더라— 이렇게도 해보고 싶었다. 星像을 보는 일이 그 겸손으로 인해, 홀로 그 무지막지함을 그대로 인정시키는 것으로 인해 한가운데에서 올리는 봉화가 되네, 스스로 태워 스스로 올라가는 연기 말일세— 화염 말일세. 인생이 벌로서 벌한다니까[말이다] [비극으로 끝날 줄 알았는데 희극이다]

—「사이버-보안 진단의 날」 전문

박 시인의 시선은 '그 형용-불가능한 구멍의 빛을 쐰 자', '眞-理를 본 자'의 시선이 아닐까? 빛에서 얼굴을 돌리자 말자 곧 세상이 온통 어두워졌다는 것인데, 이런 부분의 사상이 담긴 철학의 고전은 플라톤의 『국가』이다. 『국가』 7권에 나오는 '동굴의 비유'의 첫 부분을 떠올리게 한다.

지하의 동굴 감옥 속에 어릴 적부터 사지와 목을 결박당한 상태에서 동굴의 벽만 보도록 되어 있는 죄수들을 상상해 보자. 이들의 뒤쪽 멀리에서 불빛이 타오르고 있고, 불빛에 비추어져서 그 사이를 지나가는 것들의 그림자가 동굴의 벽에 드리워지는 것을 생각해 보자. 동굴의 죄수들은 벽 그림자를 진짜 실물이라고 믿고 있었다. 그러다가 그중 한 사람이 사슬을 끊고 동굴의 바깥 세계로 나가게 되었고, 밝은 태양 아래서 실재하는 세계를 경험하게 된다. 그는 자신이 살았던 최초의 거처와 그때의 동료 죄수들을 생각하고서는 자신의 변화로 해서 자신은 행복하다고 여기지만, 동료 죄수들을 불쌍히 여기게 된다. 그래서 다시 감옥으로 내려가 그들을 동굴 밖으로 데리고 나오기를 결심한다. 진리를 본 자는 어두움에 머물고 있는 동료에 대한 연민으로 잠을 이루지 못하기 때문이다.

플라톤과 동굴의 비유는 시선이 문제다. 그리고 이 '동굴의 비유'는 진리체험을 이해시키려는 하나의 비유이다. 플라톤의 형이상학적 요구는 빛을 향해서, 진리를 향해서, 시선을 돌리라고 한다. 그는 위로 향한 '영혼의 등정' 登程 anodos, 또는 '영혼의 전환' psyches periagoge을 요청한다. 이것이야말로 진정한 철학(지혜의 사랑)이며, 앞으로 우리가 말하려고 하는 형이상학적 실재Reality를 향한 시선이다. 철학자 하이데거는 이런 영혼의 등정을 '근원적인 빛을 향해 가는 인간의 본래적인 해방'이라고 지칭한다(하이데거, 「진리의 본질에 관하여 –플라톤의 동굴의 비유와 테아이테토스」). 그러나 박 시인은 플라톤에서 얻은 시선에 대한 착상이 결코 이원론적인 두 세계 이론이어서는 안 된다고 생각한다. 이것이 바로 '아무렇게 던져놓아 밧줄인 줄 알았으니 독사가 똬리를 틀고 있던 것 — 독사가 똬리를 틀고 있었으나, 사실 아무렇게나 던져놓아 밧줄-였던 것.'이다. 밧줄과 독사의 똬리는 별개의 것이 아니다. '마야 베일'은 프랑크푸르트의 현자 쇼펜하우어의 철학 사상을 지시한다. 그는 '의지가 없으면 표상도

세계도 없다. 의지의 세계는 살아 있는 자연의 세계다.' 라
고 말한다.

『의지와 표상으로서의 세계』는 쇼펜하우어의 대표작이
다. 그는 이성주의 철학에 반기를 들고, 이성을 통해 파악
되는 세계는 표상의 세계일뿐이므로 세계의 본래적인 특
성과 그 본질을 파악하기 위해서는 의지를 통해 다가가야
한다고 했다. 쇼펜하우어는 책 머리말에서 자신의 철학사
상의 원천을 플라톤, 칸트, 우파니샤드라고 밝히고 있다.
그는 특히 칸트 철학을 높이 평가했으며, 칸트 철학으로부
터 큰 영향을 받았다. 그러나 칸트 역시 플라톤에게서 큰
덕을 입고 있는 철학자이다. 이들은 모두 형이상학, 즉 철
학적시선에 대해 획기적 논의를 제시했던 철학자들이다.

농구공 위를 뻘뻘 땀을 흘리며 돌아다니지만/ 늘 그 자리
다. 원주 위다./ 2차원 시공간을 빠져나갈 재간이 없다./ 원
주는 동일하게 무한히 반복되나 어느 지점에 있건 농구공
표면이다./ 2차원 시공간을 빠져나가지 못한다./ 농구공 표
면이 우리 집이라.// 몰락이 3차원에서 왔다. 농구공 바람
이 빠질 때/ 왜 차라리 무가 아닌가?!로 詩가 끝나게 됐다./
농구공 반지름이 제로가 된 날,// 농구공이 사라졌다. 왜 차
라리 無가 아닌가?!
— 「'왜 차라리 무가 아닌가」 전문

왜 무가 아닌가? "왜 도대체 왜 존재자이며 오히려 무가

아닌가?"Warum ist überhaupt etwas und nicht vielmehr nichts? 우리는 무엇이 있다는 것, 그것을 넘어서는 인식할 수 없고, 또 사유할 수 없다. 인간의 한계는 언제나 시간과 공간의 한계 안에 있다. 그것을 빠져 나갈 수가 없기 때문에 한계이다. 이것이 존재자의 한계상황이다. 그리고 존재하는 것들은 모두 2차원의 한계 속에 있다. 그러나 3차원이 도래하면 존재하는 것들은 몰락(무화)한다. 2차원은 삶의 한계이고 3차원은 초월이다. 2차원은 직선과 평면이고 가시적이다. 그러나 몰락/무의 진입은 3차원이고 갑작스런 탈한계이다. 시는 이런 철학적인 질문을 지시한다. 시선이 다른 곳으로부터 왔다. 존재하는 것들의 한계상황의 돌파는, 차원의 돌파이면서 동시에 무이다. 철학자 라이프니츠Leibniz는 모든 사물의 존재 또는 진리에는 그에 상응하는 충분한 이유가 있어야 한다는 원리充足理由律를 사유의 실질성의 원리로서 강조하여 모순율矛盾律과 함께 논리학의 2대 원리로 삼았다. 충족이유율은 "어떤 것도 이유가 없는 것이 없다."Nichts ist ohne Grund.로 정식화된다. 글자 그대로 이해하면, "무無는 이유가 없다. 바닥Grund이 없다."로 풀어낼 수 있다. 존재자의 근원적인 시선은 무로부터 온다. 이러한 물음을 하이데거식으로 풀어내면, 세계-안에-있는 존재자로서의 현존재의 존재의 근원은 무이다. 그래서 존재를 설명하는 원리는 초월적인 시선에서 온다. 그것은 시적 시선이고 형이상학적 시선이다.

> 봐라, 도대체 내가 개 한 마리인가?
> 그대와 무슨 상관이란 말이냐!
> 이곳은 그대 영역이 아니라 내 영역이로소이다.
> 나, 나 이외의 어떤 것도 아니다.
> 도대체 내게 무슨 일이 일어났는가!
> 하나의 비명과 두 개의 저주와 스무 개의 욕설이 튀쳐나왔다.
> 용감한 게 좋다. 좋은 전쟁이 각각의 일을 신성하게 만든다.
> 德의 전부가 기다릴 수 있는 것에 관해서 아닌가?
> 우리들 왕들이 무슨 소용인지! 도대체 무엇을 피해 달아나는가?
> 너무 오래 바위와 나무 사이에서 살아온 은둔자일 거야,
> 그대 쓰러지지 않을 거라면 춤을 춰야만 하네.
> 탈선Seitensprünge의 춤
> 왜 그대는 자신을 숨기는가?
> 글 쓰는 쇠파리, 소부르주아의 악취, 공명심의 몸부림
> ―「차라투스트라의 동굴」 전문

차라투스트라는 10년 동안 산속 동굴에서 짐승들과 벗하며 은둔 생활을 하면서, 그동안 깨달은 새로운 사상의 가르침을 펴기 위해 인간들이 사는 곳으로 내려온다. 산을 내려오는 도중 그는 숲속에서 신을 찬미하며 살아가는 늙은 성자와 마주치게 되고, 그가 아직 '신의 죽음'을 알지 못하고 있다는 것에 놀라워한다. 그리고 마을의 광장으로

내려와 사람들에게 '초인'에 대하여 전파하지만, 일상적인 삶에 빠져 있는 군중은 차라투스트라의 말을 이해하지 못한다. 니체는 차라투스트라를 통해서 새로운 시선을 보여주고자 했다. 인용시의 첫 문장 "봐라, 도대체 내가 개 한 마리인가?"라는 말은 니체에게서 나온 말이 아닌 것 같다. 니체는 약자를 "툭하면 벌렁 드러눕는 개"에 비유했다. 강자 앞에선 개가 되고, 자기보다 약자는 개가 되길 강요한다는 것이다.

'내가 개 한 마리인가?'는 오히려 괴테의 『파우스트』에 나오는 개를 지칭하는 게 아닌가 생각된다. 파우스트 박사는 마법으로 자연과 우주의 실체와 본성을 파악코자 하지만 번번이 실패한다. 파우스트는 자신의 존재가 도대체 무엇인가에 대해 심각한 회의에 빠져든다. 십수 년간의 학문 연구를 통해 그가 깨달은 것은, 인간은 결코 세계를 총체적으로 파악할 수 없다는 것이며, 따라서 자신의 어떠한 지식도 인간 존재의 비밀에 대한 확실한 의미를 밝혀주지 못한다는 사실이었다. 파우스트는 절망한다. 이때 파우스트의 연구실에 강아지 한 마리가 나타난다. 푸들의 모습으로 변한 메피스토펠레스였다. 파우스트가 『요한복음』 1장의 '태초에 말씀이 있었다.'를 '태초에 행위가 있었다.'로 번역하는 일에 열중해 있는 가운데 있었다. 차라투스트라가 초인을 설파하고, 파우스트 박사는 메피스토와 계약에 돌입한다. 말이 아니라 행위가 시작되었다. 파우스트는 연구실에서 도시로 나가 소시민과 농부들의 전원적이며 평화로운 세계를 바라보게 된다. 순수하고 정감 어린 광경을 보면서, 자신이 동경하는 참된 삶의 실체를 본 듯 느낀다. 그는 '모든 이론은 회색이고, 생명의 나무는 초록색이다'라고 고백한다. 박 시인의 위 인용시의 순서는 이렇게 바뀌어야 한다. '글 쓰는 쇠파리, 소부르주아의 악취, 공명심의 몸부림'에 빠져 있는 지식인들이여! '왜 그대는 자신을 숨기는가?' 나오라, 거기서 벗어나고 거기서 이탈하여, 새로운 시선을 향한 '탈선Seitensprünge의 춤'을 추라! 박 시인의 새로운 시선의 기획은 니체가 『비극의 탄생』에서 삶의 공백시대에 삶의 고통, 모순, 부조리, 염세적 기분 등을 극복하고 삶의 의미, 즐거움, 행복을 가능하게 하는 형이상학적 토대를 제공하려했던 '예술가–형이상학'을 넘어서 보려는 시도가 아닐까?

현대시들은 왜 난해할까에 대한 또 다른 인상적인 글이 있었다. 난해함을 시적인 특성이라고 강변하는 분의 글이었다 (강외석,「시의 난해성은 계륵이다」, 2016년 가을, 한국문학인). 현대시는 단순히 노래하는 시를 넘어서, "전통적인 시문법이나 기존의 익숙한 문학적 맥락에서 일탈해 있기 때문이다."라고 말한다. 나아가서 "탈전통성, 탈서정성에서, 인접성이 떨어지는 시어나 시구의 자의적 조합에서, 언어의 유희나 환유, 비유, 상징이 너무 강하고 사회적 기호성 또는 기호적 합의가 지켜지지 않고 깨어지는 데에서, 또한 행간이 지나치게 넓거나 서술성이 강한 데에서, 난해의 포망이 걸쳐지는 것이다."라고 주장한다. 나는 여기에 전적으로 공감하고 있다. 더 인상적으로 그분은 '계륵鷄肋'이란 말로 현대시의 난해함을 설명하고 있다.

『後漢書』楊修傳에 실려 있는 이야기이다. 조조曹操가 유비劉備의 군대를 맞아 한중 쟁탈전을 벌이고 있었다. 싸움이 양상을 띠고 있었는데 유비의 병참兵站은 넉넉한데 비하여 조조는 병참이 부족했다. 어려운 상황에서 막료 한 사람이 현황을 보고하고 후퇴 여부를 묻자 닭고기를 뜯고 있던 조조는 닭갈비[鷄肋]를 들었다 놓았다만 했다. 그 막료가 어리둥절한 마음으로 나오는데 주부主簿인 양수楊修가 듣고 장안으로 귀환할 준비를 서두르기 시작했다. 다른 참모들이 놀라 그 까닭을 묻자 양수는 '닭의 갈비는 먹으려 하면 먹을 것이 없고 그렇다고 내버리기도 아까운 것이오. 한중漢中을 여기에 비유한 것은 승상께서 군대를 철수하기로 작정하신 것이 아니겠소?修獨曰 夫鷄肋 食之則無所得 棄之則如可惜 公歸計決矣'라고 답했다. 양수의 예상대로 조조는 그 이튿날 철수 명령을 내렸다. 여기서의 계륵은 기호론의 이해대상이다. 기표는 계륵이고, 기의는 철수이다. 만약 이렇게만 소통된다면 난해는 결코 난해가 아니다. 문제는 난해를 위한, 난해를 목적으로 한 난해시는 '계륵도 아니고 닭똥에 불과하다'고 말한다. 난해시를 풀어내는 것을 암호해독이라고 해도 좋을 것인가?

시의 해석은 단순한 암호해독만은 아니다. 시의 난해성은 결코 시간이 지난 후에 사실성으로 밝혀지는 암호풀이가 아니란 뜻이다. 영원히 미제로 남겨질 존재의 진리에 대한 부단한 해석의 몸짓이다. 그렇기 때문에 시의 해석은 해석학적인 토대 위에서 이루어진다. 그 진정한 의미 이해는 부단히 지속되는 과정이라는 것이다. '해석하다' Hermeneutike 라는 말이 그리스신화 속의 제우스신의 전령 헤르메스Hermes 와 연결된다고 보면, 헤르메스는 불사의 신과 가사적 인간 사이의 통약불가능성을 극복하고 서로 소통하게 만들어준 메신저Messanger, 즉 해석자 Hermeneutiker 의 역할을 수행해야 한다. 이처럼 박 시인도 저 너머의 세계로부터 오는 메시지를 유한한 인간이 이해할 수 있도록 현실의 세계로 옮겨다 준 헤르메스의 역할을 충성스럽게 수행한다. 해석자의 자격은 불사신의 언어를 잘 알면서도 가사적 인간의 언어도 잘 알아야 한다. 그런데 계륵의 암호는 군사기밀과 같은 절박한 순간에 전해진 암호였다. 그 암호를 바르게 해독하지 못하면 생존의 위험에 처하게 된다. 생사에 관련된 절체절명의 순간에 나타난 메시지가 비이해성 속에 담겨져 있었다는 것이다. 박 시인은 너무나 당연하면서도 너무나 절박한 메시지를 우리에게 풀어내 주었다. 그것이 바로 죽음의 절박성이다. 그의 시를 통해서 그 메시지를 인지하라고 한다. 절박한 순간은 결코 합리적인 인식과정으로 알려지는 것이 아니다. 느낌과 감성의 경로에서 더 절박해진다. 그래서 시적 형이상학이다. 시적 형이상학은 우리에게 경고로, 호소로, 애걸조로 말 걸어온다. 죽음을 생각하고 기억하라고 한다.

5. 메멘토 모리

우리 앞에 서서히, 또는 갑자기 다가오는 죽음, 몰락, 종말, 무는 너무나 당연한 사실이다. 우리 인간의 삶에서 가장 확실한 것은 바로 우리에게 닥칠 죽음이라는 사건이다. 누구도 여기서 예외가 될 수 없다. 하이데거가 말하듯이 인간존재는 누구나 '죽음을 향한 존재' Sein zum Tode이기 때문이다. 인간의 삶이 유한하다는 것, 그래서 죽음으로 마칠 수밖에 없다는 사실을 우리는 가끔 망각하고 살아간다. 고대 로마의 시인이었던 호라티우스Quintus Haratius Flaccus가 지은 시 가운데 죽음과 삶을 나타내는 2개의 격언이 있었다고 한다. 메멘토 모리Memento mori와 카르페 디엠Carpe diem이다. 'Memento mori' 란 말은 '자신이 언젠가 죽는 존재임을 잊지 마라' 라는 의미를 가진다. 달리 '죽음을 기억하라', '죽음을 잊지 마라' 등으로 번역되기도 한다. 로마 공화정시절에 전쟁에서 승리하고 돌아온 개선장군이 시민들 사이로 행진할 때, 전차에 함께 타고 있던 노비는 Memento mori란 말을 장군의 귀에 속삭여서, 승리에 우쭐대지 말라고 했던 전통이 있었다고 한다. 나중에 중세의 가톨릭 수도원에서 신앙적인 개혁운동이 있을 때 교회의 부패와 타락을 경계하는 말로써 이 글귀가 유행했다고도 한다.

박 시인은 이 시집에서 부단히 죽음의 절박성을 통해서 현세에서의 쾌락, 부귀, 명예 등은 모두 부질없는 것이란 생각Vanitas-Gedanke을 제시하기도 하지만, 더욱 긴박하게 우리의 죽음이 가까워 있음을 호소하고 있다. 박 시인은 여기서 인간의 최종적인 사건인 죽음의 정체를 본격적으로 해체deconstruction시키고 있다. 죽음의 보편성과 개별성, 실존적 각자성, 죽음의 의미와 결의, 죽음에 대한 준비, 죽음의 절박성 등이 하나의 의미체계로 얽혀져 있다.

> 인생이라는 카드, 할 말 있어요. '완전히'라는 말 이때 쓰기로 합시다. 인생이라는 열차 몇 량쯤 됐었죠! 좌석도 꽤 됐었죠!
> 다라는 말 이때 쓰기로 합니다. 다 내리게 하세요. 명령調 이때 쓰기로 합니다. 일어나세요. 입구 쪽으로 가세요. 나가세요.
> 마지막 前에 하는 특히, 제때 쓰기로 합니다. 내리십시오. 다음은 종점이므로 특히 여기서 내리셔야 합니다. 한 분도 빠짐없이 여기서 쓰기로 해요. 한 분도 빠짐없이 내리시기 바랍니다. 거기, 카드를 보여주세요. 뒤집어보세요.
> 거봐요. 빈 카드를 잡으셨네요. 성공하셨네요. 여기가 종착

역입니다. 특히 빈 카드 내리십시오. 안녕히 가십시오.

—「제때에 下車하는 방식 1」전문

삶의 시작을 내가 알지 못했지만, 그 종착역에 도달할 것
이라는 사실은 너무나 의식적인 사실이다. 종착역을 향한
열차 탑승과 같은 죽음은 누구에게나, '명령조', '완전히',
'한분도 빠짐없이', '가세요, 나가세요', '다 내리게 하세
요', '종점', '종착역'이라는 언어로 연결된다. 너무나 당연
한 죽음을 박 시인은 인생이라는 열차여행에 비유하고 있
다. 내 의지와는 상관없이, 우연히 우리가 인생열차를 탓
지만, 그 끝은 필연적인 사실, 즉 모두 내려야 한다는 사실
이다. 그러나 누구나 자신이 내릴 것이란 생각을 하지 않
고 산다. 내릴 준비는 언제나 늦다. 그 순간은 내 의지와
상관없는 '들이닥침'이다. 준비되지 않는 상황에서 나에
게 '들이닥침'이다.

수모는 계속된다, 잠인 줄 알았으나 잠이 아닌 것.
본인만 모르고 다 아는 사실
늘 죽기에 충분한 나날들이었으나 당사자가 될 줄 몰랐다.
당사자이면서 정작 당사자는 모르는 게 수모 아니겠어요?
이게 수모 중의 수모 아니겠어요? [⋯]

—「수면사망의 수모」

영원한 미제사건의 주동자가 될 줄 몰랐다// 밤, 잠자리에

들었고 잠이 들었고 所謂 그대로 그대로 영원히 잠든 경우
가 있었고, […] 그대로 그대로 잠든 경우가 계속되리라는
것./ 꿈에서 깨어나기를 기대하는 것, 유효한// 사라져도
사라진 것이 아닌 게 된/ 영원한 미제사건의 주동자인 줄
모르는, 밤과 꿈.

—「잠과 밤과 꿈—버전 2」

죽음은 각자의 것이다. 존재가 모두의 것이지만 각자에게
je는 나의 것mein이란 의미에서 실존이라고 명명되듯
이, 여기서 각자의 것임Jemeinnigkeit은 죽음에도 해당
된다. 나의 죽음은 누구도 나를 대신할 수 없는 나의 죽음
이다. '죽음의 당사자'가, '영원한 미제사건의 주동자'가
바로 자신이라는 것을 모르는 것이 바로 수모이다. 그러
나 누구도 그 수모를 수모로 생각하지 않는다. 자기의 죽
음을 절박하게 생각하지 않기 때문이다. 죽음은 애절한
것이다. 결별의 아픔이 있고 슬픔이 있다. 박 시인의 시 중
에서, 내가 생각하기에는 가장 절절한 시적 감정으로 죽
음을 노래한 시가 있다. 읽는 이의 가슴을 찢어내는 듯 큰
울림으로 다가오는 悲歌이다.

목소리, 목소리가 지긋하게 울리는구나. 울먹이는 목소리
눈물이 음표 하나씩, 음표 하나씩, 찍고 가는
하나이면서 전부인 거대한 교향곡— 울음의 바다
바람이 칼에 관한 노래라는 거 이제 알겠다

통곡으로 끝나는 비극구조. 처음에는 잔잔한 반주,
광포한 반주로 사라지는 거 이제 알았다.
몰락이 너무 일찍 찾아왔네, 내가 이렇게 말했다
몰래 오지 않고, 저기 들판을 건너오는 것이 보이는구나
선명하구나. 목소리처럼, 하, 그 목소리.
고통의 최후를 예감했는데 환희의 최후를 숨겨놓은 줄이야
노래를 못 이기는 목소리가 될 줄이야
"제 곡조를 못 이기는 사랑의 노래"
눈물방울 하나하나를 훑고 지나는 목소리
현자의 말이 맞을 줄 알았지만, 정말 맞출 줄이야
목소리의 바다―눈물의 바다가 빠르게 흘러넘칠 줄
나, 믿을 수 없네, 정말이지, 정말이라면.
내가 알바가 아니라는 거―내가 알 바가 아닌게 될 줄이야
설렘이 리듬으로 왔네, 리듬이 설렘으로 왔네,
내가 이렇게 말했네. 나에게는 영혼이 없소,
영혼이 없는 理想主義가 거기에 도달하기까지 얼마나 많
이 고통을 겪었겠소
눈물방울이 음표, 음표, 하나하나를 찍으며,
또르르 또르르, 질주하는 말발굽소리-합창이었네.
지금 생각해보니까 사랑이었네, 내가 이렇게 말했네.
먼 시간에 있었다는 동물, 動物이었네.
환희의 최후라고 쓰니까, 고통의 종말이라고 쓰니까
정말 종말이 깃들더군.
리듬이 먼저라는 거―종말의 선율이 흐르는 거
환희가 그랬듯이. 종소리―종소리―울려라

멀리–멀리–멀리, 종소리–종소리–울려퍼져라.
　　—「종말의 리듬에 대해 내 언젠가 말해주리다」 전문

울먹이는 목소리가 사랑으로 변하고 환희의 종소리가 되기까지 비장하게 죽음을 대하는 마음이 읽혀진다. 뚜렷한 의식으로 자신의 죽음에 직면해 있는 사람이 있다면, 위의 시가 위로가 될까? 독배를 마시고 자신의 죽음을 초연하게 바라보는 소크라테스의 마지막 순간이 플라톤의 『파이돈』에 기록되어 있다. 여기서 플라톤은 소크라테스의 이름으로 영혼불멸론을 설득하고 있다. 悲歌가 讚歌로 바뀌는 순간이다. 마르쿠스 포르키우스 카토Marcus Porcius Cato Uticensis(BC 95년–BC 46년)는 로마 공화정 말기의 정치인이며 스토아학파의 철학자이기도 했다. 그는 율리우스 카이사르와 대적하여 로마 공화정을 수호하려 했다. 그리고 그는 당시 부패가 만연한 로마의 정치 상황에서 완고하고 올곧은, 청렴결백함의 상징적 인물로 유명했다. 카이사르에게 항복하는 대신 자결을 결심한다. 그는 친구들을 불러서 잔치를 베풀고 나서, 『파이돈』을 수차례 읽으면서 할복자살의 죽음을 맞이하였다.

　'고통의 최후'를 예감했는데 '환희의 최후'를 숨겨놓은 줄을 몰랐다고 환희가 종소리가 되어 울려 퍼지는 것을 그려주고 있다. 이처럼 박 시인은 죽음을 잠과 꿈으로 승화시키고 싶어 한다. 실제로 죽음은 한여름밤의 꿈이고

깨어나지 않는 잠일 수 있기 때문이다. 그렇기 때문에 박
시인은 죽음 연습을 한다. 자발적 몰락의지가 어떤 의미
를 갖는지를 밝힌다. 떠나서 다시 돌아오지 않는 법을 가
르친다. 잘 다녀오라는 인사처럼 잘 죽으라는 인사가 얼
마나 아름다울 수가 있냐고 묻는다.

　이렇게 끝날지도 모른다는 생각에 사로잡혔다. / 연습을 하
　느라고 했는데……. / 유일한 수순이 기꺼이 몰락해주리라 /
　신이 죽은 지방—신이 죽은 시대 / 계속 되풀이되더라도 계
　속 되풀이 살아주면 되잖아 // 자발적 몰락의지에 충만한
　삶을 살아 / 삶이 무상한 게 아니라 죽음이 무상하게 되는
　그날까지 / 깔끔하게 살아주면 됐잖아 // 몰락연습을 하느
　라고 했는데……,

　　　　　　　　　　　　　　　　　　　—「몰락이 늘 이르다」 부분

　나날을 자발적 몰락의지에 충만하게 살자.
　수면사망의 수모에서 벗어나는 길이
　사망을 덧없게 하는 방식 아니겠어요?

　　　　　　　　　　　　　　　　　　　—「수면사망의 수모」 부분

　수모는 계속된다, 잠인 줄 알았으나 잠이 아닌 것 / 본인만
　모르고 다 아는 사실 / 늘 죽기에 충분한 나날들이었으나
　당사자가 될 줄 몰랐다. / 당사자이면서 정작 당사자는 모
　르는 게 인생 아니겠어요 / 얼렁뚱땅 이게 수모 중의 수모,

아니겠어요?// 수면사망의 수모에서 벗어나는 길이 취침사
망을 덧없게 하는 方案으로서,/ 나날들 '잠자다 죽게 하소
서' 성령 充滿하게 기도하는 것.// [어디 닭 우는 소리 들렸
으랴] 어디 취침사망만 있으랴.

　　　　　　　　— 「수면사망의 수모를 위한 노래—버전 3」 부분

[…]

말없이 나가 돌아오지 않은 사람에 관해 생각해/ 집이라는
구조물을 파괴시키는 쉬운 방법/ 말없이 나가 돌아오지 않
을 경우를 생각해,/ 그럴 수 있을까 그럴 수 없어 하나, 일
이 벌어진 것/ 얼마나 준비했을까, 돌아갈 곳을 마련하느
라 말야/ 병수발 하느라 고생이 많았지, 간단하게 생각하
자/ 제주도 앞바다 선상에서 뛰었는데 울릉도 앞바다에서
발견되었다지 않나?/ 하루에 11명의 노년이 자살하고 하루
에 12명의 노인이 실종된다/ 하루 終日 실종자가 돌아오지
않는다/ 자발적 실종이 있고 비자발적 실종이 있는데 관심
가는 건 비자발적 실종/ 그럴 수 있을까, 돌아오려고 하는
데 못 돌아온다 말야/ 자발적 실종은 이해 돼. 비자발적 실
종이 이해 안 돼/ 그만 하자. 이건 글이라 할 수 없다, 이해
정말 안 된다

　　　　　　　　　　　　　— 「낭만적인, 너무나 낭만적인」

집을 떠나 갈 곳 없는 사람, 복되도다/ 돌아오지 않을 곳 없
는 사람/ 집을 떠날 수 있고 돌아오지 않을 수 있는 사람,
복되도다/ 그 사람이 나다, 그—라고 말할 수 있는 사람이/

그—라고 말해서./ 떠나서 돌아오지 않는 것을 말하는 방
식/ 떠나서 돌아오지 않는 법/ 길을 잃는 방식, 복되도다/
누구도 길을 찾아주지 않는 법이

　　　　　　　　—「떠나서 돌아오지 않는 법」 전문

봉분으로 가는 길이 열차길이더군, 다른 것은 열차 대신 내
가 가던 거, […] 꼭 그래야만 했나? 무거운 소처럼 끌려갈
것으로 예고했으나/ 의도적으로 봉분 가는 열차를 탔고,
신도림까지만 가는 열차로서/ 그래 홀로 걸었으나, 끝이
봉분이로소이다. 왜 그랬을까? […] 골고다언덕 가는 길이
어땠나, 육체훼손이 명예손상인 줄 알았으나./ 의무로서
독배를 들이킨 그는?/ 상한 돼지고기인 줄 알았으나 먹어
야 했으니 그분은?// 너가 가고 그가 가고 우리가 가니 우리
가 가라는 말씀, 로고스였으니/ 손뼉치고 웃으며 떠들며
상냥하게 가보세.

　　　　　　　　—「손뼉치고 웃으며 상냥하게 가보세」

臨終 앞에서 잘 죽으라 하는 것과 같다./ 잘 살아라, 방학
잘 보내라/ 군대 생활 잘하고./ 잘하는 게 뭔지 모르지만/
잘 죽으라/ 제때에 죽지 않는 것이 없으니/ 잘 죽으라/ 제
때에 죽지 않은 것이 없으니// 臨終할 때 '잘 죽으라' 하니/
잘 죽어줄게 말하고 죽는 사람의 뒷모습이/ 얼마나 아름다
우냐 […]

　　　　　　　　—「제때의 죽음」 부분

박 시인은 절박하게 다가오는, 참으로 처절한 결별의 감정을 안겨주는 죽음을 낭만화시키고 있다. 그의 시적 발상에는 특이성으로 가득하다. 오히려 죽음을 축복이라고 말하고 싶은 마음에서 회화시켰다고도 할 수 있다. 아니면 죽음을 시적으로 형이상학화시켰다고 말하는 것이 더 옳겠다. 독일의 초기 낭만주의자 노발리스는 세계를 낭만화하자고 선언했는데, 세계의 낭만화는 세계의 마법과 신비, 경이를 다시금 깨닫게 하는 것이라고 했다. 다시 말하면 우리가 죽음의 어두움을 밝은 색조로 덧칠하는 것처럼, 낭만화는 평범한 것에서 비범한 것으로, 친숙한 것을 낯선 것으로, 일상적인 것을 성스러운 것으로, 유한한 것을 무한한 것으로 바라볼 수 있도록 감각을 교육하자는 것이었다. 죽음은 철저히 삶을 고착시키고 분리시키고 좌절시키는 것이지만, 그 속에 깃들어 있는 비밀스런 힘을 신비화시키고 감정을 낭만화시키는 마법을 실현하자는 것이었는데, 박 시인은 시를 통해서 숨겨진 죽음의 의미를 생동적인 삶의 신비로 낭만화시키고 있다. 그렇지만 그에게서 드러난 시적 형이상학의 특징은 이런 낭만화와 함께 드러나고 있는 죽음의 실존적 긴박성과 절박성이다.

6. 나의 아버지는 나

박찬일 시인은 자신의 시집 『아버지 형이상학』을 통해서 삶과 죽음 자체의 비밀에 새롭게 다가서는 '시적 형이상학'의 의미를 전하고 있다. 그 비밀은 아버지란 단어가 중심에 등장하는 시 3편 안에 있다. 그런데 기이하게도 이 3편의 시가 모두 시집 전체의 주제를 포괄하는 전제와 결론이 되어 있다는 것이다. 말하자면 박 시인이 우리에게 전하고 싶은 메시지를 모두 이 3편 안에 담고 있다는 것이다. 아버지의 죽음은 우주가 몰락하는 것과 같다. 죽음은 하늘이 무너지는 것과 같다는 말이다. 아버지의 몰락은 다섯 식구의 몰락이고, 모든 것이 몰락한다는 진리를 지시하고 결국 몰락이 보편화된다. 그 보편적인 진리는 개별적–실존적으로 그리고 아주 긴박하게 다가온 진리, 즉 나의 몰락을 선언한다.

별 하나가 몰락할 때 별자리 하나가 몰락한다. 별자리 하나가 몰락할 때 하늘 한 켠이 흔들린다. 하늘 한 켠이 흔들릴 때 하늘 全般에 금이 간다. 별 하나가 몰락을 시인시키고, 별자리가 몰락 중의 몰락을 시인시키고, 하늘 한 켠이 몰락 중의 몰락 중의 몰락을 시인시킨다. '하늘 한 켠이 몰락하는데 뭘 그걸 가지고…… 우리 人生이야,' 별자리가 우리를 시인시키는 것이 맞다. ['극단으로서 별'의 몰락이, '극단으로서 별자리'의 몰락이, 그리고 '많음으로서 별[자리]'의 몰락이 몰락을 眞理로 시인시킨다. 몰락의 普遍化에 안도한다]
다섯 식구 중 한 食口가 몰락할 때 다섯 식구 全般이 몰락한다. 이제부터 내가 사는 것이 다섯식구별자리로 사는 것이 아니라, 슬픔으로 사는 것. [食口 하나가 사라질 때 땅 全般에 금이 간다] 별자리와 식구들이 다르지 않다. 별이 극단이듯, 식구 하나하나가 극단이다. 우리네 인생, 우리네 식구가 별자리– '식구'로 존재하며 하늘의 별–별자리를 정당화시킨다. 우리가 몰락할 때 하늘의 별자리가 '봐봐, 저기 몰락하는 것 봐봐' 와와거린다.

—「하늘의 별자리와 땅의 별자리」 전문

'식구 하나가 사라질 때 땅 전반에 금이 간다' ; 처음 죽음은 아버지의 죽음이었다. 곧 다섯 식구의 죽음이 된다. 결국 나 자신의 죽음이다. 그러므로 '나의 아버지는 나'이다. 아버지의 죽음을 말하고 있지만, 바로 나의 죽음을 말하고 있다. 변하지 않는 절대적 보편적인 진리가 없다고 한다. 그러나 확실히 하나 있다. 그것은 인간은 몰락하는 존재라는 것이다. 몰락하는 존재는 결코 추상적인 크기가 아니라 구체적으로 아버지와 다섯 식구와 나를 지칭하는 것이다. 전 우주와도 바꿀 수 없는 우리 '식구'이고 나의 아버지이면서 또한 '나의 아버지인 나'이다. 여기에 박 시인의 특별한 시선인 죽음의 실존적 절박성과 긴박성에 대한 호소가 담겨 있다.

딜런 말라이스 토마스Dylan Marlais Thomas(1914~1953)는 죽음에 대한 아주 인상적인 시편들을 남기고 39세의 젊은 나이에 세상을 떠난 비운의 영국 시인이었다. 그가 쓴

죽음의 시는 어쩌면 박찬일 시인의 시와 유사한 시적 발
상에서 시작했다고 볼 수 있다. 그러나 박 시인과의 차이
를 좀 더 자세하게 들여다보게 한다.

> 그리고 죽음이 그 세력을 떨치지 못하리라./ 알몸의 죽은
> 자들/ 그들은 바람과 저녁 달 속에 있는 사람과 하나가 되
> 리라/ 그들의 해골이 말갛게 씻기고, 그 말간 해골조차도
> 가버린 다음에는/ 팔꿈치, 발꿈치에 별무리를 거느리리
> 라./ 미친 정신으로 죽어가도 말짱한 정신이 되리라./ 심연
> 속으로 가라앉아도 다시금 솟아오르리라./ 연인들은 잃어
> 져도 사랑은 잃어지지 않으리라/ 그리고 죽음은 세력을 떨
> 치지 못하리라.
> ──「그리고 죽음이 그 세력을 떨치지 못하리라」 전문
> (이상섭 옮김)

죽은 자들이 바람과 저녁달과 하나가 되고, 해골이 말갛
게 씻긴 다음에 팔과 발꿈치에 별무리를 거느리게 될 것
이며, 미쳐서 죽어도 말짱한 정신이 되고, 가라앉아도 솟
아나고 연인은 잃어도 사랑은 잃지 않을 것이니 죽음이
결코 세력을 떨치지 못할 것이라는 시상은 죽음의 시적인
극복이라고 할 수 있다. 그러나 딜런 토마스는 박 시인이
토해내는 하늘 전반에 금이 가고 당장 무너져내리는 듯이
절박성에 다가가지 못하고 있다. 죽음이 바로 우리의 문
앞에 서 있는데도 우리는 무덤덤하게 그리고 무심하게 바

라보고 있다. 마치 죽음이 나와 아무런 상관이 없는 것처럼 말이다.

우리의 일상적인 삶속에서는, 우리가 죽음을 향한 존재라는 절박성을 도외시하고 살다가도 나이가 들어서 또는 병들어서 죽음이 다가왔을 때 죽음과 치열하게 싸우게 된다. 이때의 치열함은 평상시의 절박함을 넘어서 있지만, 삶속에 죽음이 있다는 긴박성과는 비교될 수 없다. 그런데 딜런 토마스는 아버지의 임종을 앞둔 그 순간에서만은 애절하게 "아버지, 아버지도 죽음을 쉽게 받아들이지 마세요."라고 호소한다. 그 시가 딜런 토마스의 「그 굿 나잇 속으로 온순히 가지 마십시오」Do Not Go Gentle into That Good Night라는 아버지의 죽음에 대한 그의 외침이다.

그 굿 나잇 속으로 온순히 가지 마십시오.
늙은 나이는 날 저물 때 열 내고 몸부림쳐야지요.
빛의 소멸에 분노, 분노하십시오.

똑똑한 이들은 끝장에 이르러 어둠이 마땅하다 알지만,
자기네 말로써 번개를 가르지 못한 까닭에,
그 굿 나잇 속으로 온순히 가지 않아요,
[…]
죽음이 가까운 심각한 이들은
눈멀게 하는 시각으로, 멀은 눈도 유성처럼 불타고 명랑할
수 있음을 깨닫고,
빛의 소멸에 분노, 분노합니다.

그리고 당신 내 아버지, 그 슬픈 높이에서
이제 제발 맹렬한 눈물로 나를 저주, 축복하십시오.
그 굿 나잇 속으로 온순히 가지 마십시오.
빛의 소멸에 분노, 분노하십시오.
　　　　　— 딜런 토마스, 『시월의 시』, 이상섭 옮김 (민음사)

딜런 토마스의 아버지 죽음에 대한 시는 박 시인의 「아버
지를 떠나보내기 前」과 유사하면서도 다른 방식으로 아
버지의 죽음을 받아들이고 있다.

　에이씨, 자꾸 말하는 것 말고,
　소양강 나린 물이 어디로 든단 말인가
　여러 구성이 合心하여 기도하며,
　바라지 않는 것의 實相, 떠내려가는 것 말고,
　하염없이 추락하였으나 손가락 하나 잡히지 않으니

　에이씨, 가라앉는 것 말고,
　소양강 나린 물이 어디로 든단 말인가? 목 놓아
　울었노라 바빌론, 이제는 말고,
　도랑 돌덩이를 들추어 가재를 놀게 하더라!
　아버지의 폭발性 웃음 말고 무엇이 있단 말인가

　가세요, 먼저라도 正부인 만나세요.
　돌아보지 말라 돌아오지 말라 않을 테니
　쑤욱 들어가세요, 도랑물 들어가는 式, 드는 法으로.

만나보자만나보자 남발했다 생각지 않소이다.
소양강 나린 물이 들지 않겠어요?
바라는 것의 實相, 설마 아니겠어요.

　　　　　　　　　　　　　　　　　　—「아버지를 떠나보내기 前」 전문

딜런 토마스가 '온순히 가지마세요', '빛의 소멸에 분노,
분노하십시오.' 라고 외치고 있는데, 박 시인은 '에이씨,
자꾸 말하는 것 말고', '에이씨, 가라앉는 것 말고', '가세요,
먼저라도 正부인 만나세요', '쑤욱 들어가세요, 도랑물 들
어가는 式, 드는 法으로' 라고 외치면서 아버지의 죽음에
저항하고 있다. 아버지를 떠나보내는 그 마음속의 반란,
'에이씨, 에이씨'. 결코 바랐던 것이 아닌데, 현실이 되어
버렸다. 박 시인에게서 죽음은 '바라는 것들의 실상' 이란
표현에서처럼, 이미 예고된 사실이고 이 죽음에 대한 저
항은 일상적인 삶 속에서 죽음의 절박성을 깨우치지 못하
고 있었다는 안타까움에 대한 분노이고 저항이다. 그래서
그의 표현이 비꼬는 듯 풍자의 언어를 토해내고 있다. 그
안에는 그토록 애걸했던 죽음의 절박성에 무관심했던 사
람들에 대한 원망이 서려 있다. 딜런 토마스처럼 박 시인
도 아버지의 죽음을 순순히 받아들일 생각이 없다. 이 시
를 통해서 '에이씨, 그래 내가 뭐라고 했어요' 라고 아버지
에게, 시인 자신에게, 그리고 우리 모두에게 말하는 소리
가 들려온다. 그리고 그의 시적 형이상학이 죽음의 형이

상학이며, 삶의 형이상학이 되기도 하기에, 삶과 죽음은
결국 시에서 완성된다는 것을 절박하게 그리고 애절하게
호소하고 있다.

　대저 아버지는 돌아가셨다
　누구더라도 삼가 조의를 표하는 것은
　영원한 죽음이기 때문이다
　아버지는 모르셨을 리 없다
　몰락해주리라, 자발적 몰락 의지가 유일한 수순인 것
　동일한 것이 영원히 반복되어도 봄 여름 가을 겨울
　똑같은 순서로 영원히 반복되어도
　영원히 반복해서 살아주리라 영원히 반복해서 기꺼이 몰
　락해주리라
　아버지가 평소 안 하셨을 리가 없다
　하늘이 부정되는 지역, 하늘이 하늘이 부정되는 것 말고 더
　가르쳐주지 않았을 때
　영원한 몰락에의 의지가 유일한 수순인 것을
　아버지가 모르셨을 리 없다
　만나보자~ 그때 그날 천국에서
　대저 지상에서 부르는 마지막 맹세,
　만나보자~ 아버지가 말하셨을 리 없다
　아버지의 아버지들은 어디 갔나,
　아버지는 영원히 되풀이해서 몰락해줄 것을 요청하셨다
　아버지를 믿는다.

몰래 돌아가실 리 없는 아버지시다.

—「아버지 형이상학」 전문

아버지의 죽음을 통해서 우리가 알게 되는 것들이 있다. 그것은 우리에게 전해질 존재의 비밀, 즉 절대적인 메시지다. 그 메시지는 아버지의 죽음이 나의 죽음이며, 자신에게 더 가까워진 죽음은 자발적 몰락의지에서만 순화된다는 사실이다. 영원히 반복해서 몰락하고 있는 존재의 세계는 동일한 것이 영원히 회귀하는 지상의 세계이며, 봄 여름 가을 겨울, 영원한 몰락이 극복되는 세계는 존재의 세계와 차원이 전혀 다른 세계이다. 이 세계는 지상의 세계와 다르다는 이유 하나만으로 하늘의 세계(천국)라고 불리는 세계이다. 그런데 신비스럽게도 이 지상의 세계와 다른 세계가 영원히 반복하는 지상의 세계를 설명하는 원리가 된다는 것이다.

시인은 지상과 다른 세계, 즉 비존재의 세계로부터 들려오는 소리에 귀기울이는 철학자들이다. 박찬일 시인은 시적 형이상학이란 이름으로 모든 존재의 본질이 비존재에 근거해 있다는 것을 해석하면서, 존재의 비밀을 열어주는 메신저이다.